悪役令嬢、セシリア・シルビィは死にたくないので男装することにした。2

秋桜ヒロロ

22273

角川ビーンズ文庫

ACADEMY of VULUHEL

CONTENTS

Name. セシリア・シルビィ

オスカー・アベル・プロスペレ
王太子。セシリアの婚約者で攻略対象。
ギルバート・シルビィ
セシリアの義弟で攻略対象。セシリアの男装学院生活に協力している。
セシル・アドミナ
男爵子息としてセシリアが男装した姿。通称『学院の王子様』。
セシリア・シルビィ
シルビィ公爵家令嬢。『ヴルーヘル学院の神子姫3』に登場する悪役令嬢。
悪役令嬢、
セシリア・シルビィは
死にたくないので
男装することにした。
2

人物紹介

グレース・マルティネス

学院の生徒。敷地内にある研究所で音響について研究している。

モードレッド

セシリアたちの保健医。
妹が学院の病院に入院している。

ベルナール・ブルセ

ティッキーの金魚の糞。

ティッキー・コールソン

『ヴルーヘル学院の神子姫3』に
出てくるキャラクター。
ギルバートの実の兄。

本文イラスト／ダンミル

プロローグ

この世の恨《うら》みや辛《つら》みをすべて詰《つ》め込んだら、きっとこんな形をしているのだろう。

男は鏡に映った自分の表情を見ながら、そう思った。

暗い部屋を照らすのは青白い月の光だけ。殺風景な室内には生活感というものがまるでなく、男はただ一人、鏡と向きあっていた。

高ぶるような憤《いきどお》りがあるわけではない。地を這《は》うような悲しみも感じていない。

ただ、息もできないような憎《にく》しみだけが、彼の胸を満たしていた。

「いなくなればいい。神子《みこ》なんてものはすべていなくなればいい……」

『神子』も『神子候補』も、男にとっては等しく恨みを向ける対象だ。彼は本気で彼女たちがこの世から消えてなくなればいいと思っていた。

男は鏡の中の自分に語りかける。

「もう、いっそのこと自分で殺してしまおうか」

『ダメだ』

冷静な自分が心の中でそう答える。

ダメなのはわかっている。わかっているのだ。人が人を殺してはいけない。そんなもの幼子だって知っていることだ。けれど——……

「そうでもしないとあいつらは罪を償《つぐな》わない！　俺の人生を狂《くる》わしたあいつらは——」

一生のうのうと国に守られながら生きていく。

「そんなことを許してなるものか!!」

瞬間《しゅんかん》、頭の中でぷつりと何かが切れる音がした。

「そうだ。だから、やはり殺さなければ!!」

そう口にすると、より一層想《おも》いは強くなる。

「そうだな。自分でやらなくては、誰《だれ》も殺してはくれないんだ。そうだ、そうだ——っ！」

男は拳《こぶし》で鏡をたたき割った。耳を劈《つんざ》く音と共に拳が真っ赤に染まる。

拳から滴《したた》る血液を見ながら、男は頬《ほお》を引き上げた。

「そうだ。殺してしまおう」

久しぶりの高揚感《こうようかん》に、息が荒《あら》くなる。

「殺してしまおう！　殺してしまおう！　殺してしまおう！」

心が決まると、今までどうして行動に移さなかったのか不思議でたまらなくなる。

こんなにいい方法があったのに、どうして自分は躊躇《ちゅうちょ》していたのだろうか。

「あぁ、どうやって殺してやろうか」

恍惚《こうこつ》と目を細めながら、男は未《いま》だ血の止まらない拳を見つめた。

第一章 三人目の神子候補はどこだ!?

ヴルーヘル学院には『王子様』がいる。

文武両道、眉目秀麗《びもくしゅうれい》、勇猛果敢《ゆうもうかかん》、気宇壮大《きうそうだい》。
彼が歩いた後には、新芽が芽吹《めぶ》き、
彼が微笑《ほほえ》めば、嵐《あらし》の中でも太陽が顔を出す。
彼が甘く囁《ささや》けば、誰もがみな腰砕《こしくだ》けになり、
彼が触《ふ》れた者は、得も言われぬ至福の喜びを感じるとされている。
学院の生徒、特に女生徒の間では、彼に声をかけてもらうことは最大の幸運とされていた。
そして今日もまた、幸運な者がまた一人……

「ねぇ、落としたよ」
耳に残るような甘ったるい声に振《ふ》り向けば、そこには美の女神《めがみ》・アフロディーテも真っ青になるぐらいの美しい男性がいる。

「あ、セシル様！」

女生徒は驚《おどろ》いた。そして頬を染め、瞳《ひとみ》を潤《うる》ませる。

彼は女生徒が落としただろうハンカチを彼女の手に握《にぎ》らせる。その仕草はまるで両手で彼女の手を握りしめているかのようだ。

「ありがとうございます——!!」

「気を付けてね。君の涙《なみだ》を汚《よご》れたハンカチで拭《ぬぐ》うわけにはいかないから」

彼の親指が頬に触れ、目尻《めじり》に溜《た》まった涙を拭う。

その瞬間、どこからともなく黄色い声が上がり、女生徒はハンカチを握りしめたまま卒倒《そっとう》した。

『王子様』の名前は、セシル・アドミナ。

彼が実は彼女であることを、女生徒たちはまだ誰も知らない。


「なんか最近、ますます『王子様』っぷりに拍車《はくしゃ》がかかってきてるよね」

人のいないガラス張りの温室で、ギルバートはそう口にした。隣《となり》には昼食のサンドイッチを口に放《ほう》り込む『王子様』の姿がある。

「え？　そう？」

「あれに関して言えば、勝手にしたらいいとは思っているけどさ。あんまりやりすぎると、後で絶対に困ると思うよ。第一、目立ちたくなくて男装してるのに、すっごく目立ってるじゃん。なんなの？　馬鹿《ばか》なの？」

「ぐ……」

ギルバートの辛辣《しんらつ》な言葉に、彼もとい彼女は胸を押さえた。

彼女の本当の名前は、セシリア・シルビィ。シルビィ公爵《こうしゃく》家に生まれた一人娘《ひとりむすめ》だ。そして、現代日本から、乙女《おとめ》ゲーム『ヴルーヘル学院の神子姫《みこひめ》3』と酷似《こくじ》したこの世界に生まれ落ちてしまった、いわゆる転生者である。

この国には人々を『障《さわ》り』から守る『神子』と呼ばれる存在がおり、神子の力が弱まる時期に差し掛《か》かると『選定の儀《ぎ》』と呼ばれる次代の神子を定める儀式が催《もよお》される。『ヴルーヘル学院の神子姫3』は、その『選定の儀』を舞台《ぶたい》にした、神子候補たちを守る騎士《きし》との恋愛《れんあい》を楽しむゲームである。

ゲーム内でのセシリアは、ヒロインの恋敵《こいがたき》役。俗《ぞく》に悪役令嬢《れいじょう》といわれるポジションの人間だった。しかも、どのルートでも絶対に死ぬという業《ごう》を背負わされたキャラクター。彼女はその運命を変えるため、こうして男装し、セシルという別人になりきっているのである。

現在は家庭訪問がかかった定期試験を終え、結果が出るまでの小休止期間を過ごしていた。

「それで、ここからどうするの？　方針としては相変わらずリーンと騎士をくっつける感じでいいの？」

「うーん。それがねぇ……」

唯一《ゆいいつ》の協力者であるギルバートの問いに、セシリアは渋《しぶ》い顔をした。

リーンというのは『ヴルーヘル学院の神子姫3』のヒロインである。しかし何の因果か、彼女も転生者だったのだ。しかもその正体が、セシリアの前世『神崎《かんざき》ひよの』の親友『如月一華《きさらぎいちか》』だったのだから驚きである。

そして実は、セシリアはリーンに神子になることを断られてしまっていた。彼女曰《いわ》く、

『私が神子になったら、ヒューイ君と恋人《こいびと》同士のままでいられないじゃない！　それは嫌《いや》！　絶対に嫌！』

とのことらしい。確かに神子になれば、リーンはヒューイと一緒《いっしょ》になることはできない。なぜなら彼は騎士ではないからだ。

（でも、なんとかならないものかなぁ……）

友人の恋も応援《おうえん》したいが、自身の命も大切なセシリアである。

しかもリーンは、一度貰《もら》ったジェイドの宝具を彼に返してしまっていた。このままでは、ギ

ルバートの宝具を持ってしまっているセシリアが神子《みこ》に選ばれるのは必至。そうなれば、セシリアは教会に洗礼を受けに行く道中、盗賊《とうぞく》に襲《おそ》われて死んでしまう。しかもゲームとは違《ちが》いセシリアは男装しているのだ。それがどう悪い方向に転ぶかはわからない。

『セシリアが神子になっても大丈夫《だいじょうぶ》よ！　死なない、死なない！　……たぶんね！』

能天気な前世からの親友の言葉が蘇《よみがえ》る。

セシリアが苦笑いを浮《う》かべていると、ギルバートが心配そうな顔で覗《のぞ》き込んできた。

「どうしたの？」

「えっとねぇ……」

どう説明したものかと迷う。彼女が転生者で、かつての自分の親友だったことは、彼女の意向で秘密になっていた。もちろん、ギルバートにも秘密である。本当ならばギルバートには話してしまいたかったが、本人がやめろというのだから仕方がないだろう。

セシリアは、言葉を濁《にご》す。

「リーンが神子になるのは今後ちょっと難しそうで……」

「そうなの？」

「うん。ほらリーンってば、なぜかヒューイといい感じでしょう？　それで、他《ほか》の人と恋愛する気はないみたいなのよね！」

「じゃぁ、どうするの」

「うーん……」

どうしよう。それがセシリアの素直《すなお》な感想だった。なにかいい案でもないかと頭を捻《ひね》るが、セシリアの中身の乏《とぼ》しい頭ではなにも浮かんでこない。

「それならさ、三人目を探してみたらどう？」

しばらく黙《だま》ったのち、ギルバートはそう言ってきた。セシリアは彼を見つめて目を瞬《しばたた》かせる。

「三人目の神子候補。要は姉さんが神子にならなければいいわけでしょ？　それなら、生きているかもしれない神子候補に全《すべ》てを投げたら？　それでいろいろ丸く収まるんじゃない？」

「それだ！」

思わずギルバートを指さす。

セシリアの知る『ヴルーヘル学院の神子姫3』と、この世界とはいくつかの相違《そうい》点があった。それは隣に座るギルバートやオスカーの性格から始まり、それぞれのキャラクターの関係性や、イベントの起こり方にまで多岐《たき》に及《およ》んだ。

そのなかでも特に説明のつかない相違点が二つ。

一つはキラーという神子候補を狙《ねら》う殺人鬼《さつじんき》が現れないこと。

そしてもう一つが、アザレアの痣《あざ》を持つ三番目の神子候補が死んでいないことだった。

ゲームでは、三番目の神子候補はプロローグの序盤《じょばん》、まだ物語が始まる前にキラーに殺されてしまっている。しかし、現実では神子の痣を持つ者が殺されたという噂《うわさ》は聞かない。新聞にもそういう物騒《ぶっそう》な話は書かれていない。

　そういったことから、二人はアザレアの痣を持つ神子候補は生きているのではないかと予想していた。

「神子候補として名乗り出ないのは、何か事情があるのかもしれないし。探してみても損はないと思うけど？」

「そうよね！　ギル最高！　頭いい!!」

　ぱぁっと満面の笑《え》みを浮かべ、セシリアはギルバートに抱《だ》き着く。

「やっぱり持つべきものは、頭のいい義弟《おとうと》よね！」

「あー、はいはい」

　ギルバートはやる気のなさそうな声を出す。そんな彼の態度に、セシリアは首を捻った。

「あれ？　ギル、私が抱き着いても嫌がらなくなったね？　もしかして、反抗《はんこう》期終わったの？」

「そもそも、反抗期じゃないし」

「え、そうだったの？　私てっきり思春期特有の照れとかそういうものだと思ってた！」

「思春期特有のものだったのかもしれないけど、姉さんが考えているような感情《もの》ではないよ」

「うーん。よくわからない！」

「……だろうね」

　ふぅっと息を吐《は》き出す。その顔は少し哀愁《あいしゅう》を感じさせた。

「俺はもうこういうの、役得だと思うことにしたから」

「役得？」

「姉さん、殿下《でんか》にはこういうこと絶対にしないでしょ？」

「しないけど、どうしてそこにオスカーが出てくるの？」

「なんでだろうね」

今度は少し嬉《うれ》しそうだ。最近のギルバートはちょっとよくわからない。わかるのは表情や仕草に少し余裕《よゆう》が出てきたことぐらいだ。セシリアはそんな彼の変化を、『大人になってきてるんだなぁ』と解釈《かいしゃく》していた。昔から大人びている彼だが、ここまでくると自分の手を離《はな》れてしまうようで少し寂《さび》しくもある。

「ま、もういろいろと吹《ふ》っ切れたってことだよ」

セシリアはよくわからないまま頷《うなず》くしかなかった。


（で、どこを探せばいいんだろう……）

その日の放課後、セシリアは学院内を歩き回っていた。

ヴルーヘル学院の敷地《しきち》は広大だ。現代で言うところの大学のような役割もこなしているので、同じ敷地内に研究所や研究課程の学生が通う別棟《べつむね》もある。また、薬品等の研究もしているからか、各種医療《いりょう》機関もそろっており、セシリアもまだ学院の端《はし》から端までは歩いたことがなかった。

（初等部と中等部が別にあるからまだこの程度で済んでるけど、それでもこれは広すぎるわね……）

初等部と中等部の施設《しせつ》はまたこことは別にある。しかし、そこは平民も貴族の子と同様に受け入れているので、一般《いっぱん》的な貴族は中等部までの学力は家庭教師で補い、高等部からこのヴルーヘル学院に通わせるのが一般的だった。

ヴルーヘル学院は五年制で、一年から三年までは教養課程、四年と五年は研究課程と分けられていた。ほとんどの生徒が教養課程までで学院を卒業するのだが、専門的な研究をしたい者は研究課程へと進むことができる。さらにはその上の研究者の道も選ぼうと思えば選ぶことができた。先生や生徒の中には研究をしつつ学院に通うものもいるという噂である。

（そういえば、モードレッド先生のルートもそういう話だったなー）

保健医のモードレッドだが、実は『障《さわ》り』の研究をしている研究者の顔も持つ。神子候補であるヒロインは、モードレッドの頼《たの》みでその研究を手伝うことになるのだが……

（結局、モードレッド先生のルートって、エンディングどうなるんだろう）

セシリアの前世であるひよのは、モードレッドを攻略《こうりゃく》していなかった。正確に言えば、攻略途中《とちゅう》で彼女は死んだのである。恋愛《れんあい》ルートに入ったところまではやったのだが、その直後にあの火事に見舞《みま》われた。

（心残りっていったら、心残りなんだよね。どんな話だったのかなー……）

彼のルートはネット界隈《かいわい》でも面白《おもしろ》いと評判だった。

それと、モードレッドとは別の理由だが、双子《ふたご》のアインとツヴァイもセシリアは攻略していなかった。こちらの理由はひとえに二人のキャラクターが生理的に受け付けなかったというのがある。要するに、ちょっと気持ちが悪かったのだ。

（こう考えると、知らない情報も多いなぁ）

途中までは共通ルートなので、それぞれのキャラの性格はちゃんと把握《はあく》しているし、プロフィールもわかっている。ただ、クリアしていないキャラの恋愛イベントや、その後に現れる予定のトゥルールートの内容までは把握していなかった。

（ＳＮＳで回ってくる感想とかもブロックしちゃってたし。こんなことになるならネタバレでもなんでもちゃんと見ておけば良かったなぁ）

これはリーンも同じだったようで、彼女に至ってはメインキャラであるオスカーと、ダンテしか攻略していなかった。ダンテルートはヒューイ目当てに三桁《けた》は攻略したというところが彼女らしい。なので、初めてセシルを見た時にも『キャラ表にはいなかったけど、他キャラのルートで出てくるキャラかなー』なんてのんきに考えていたそうだ。

（まぁ、やってなくてもわかることは、セシリアはどのルートでも死ぬってことなんだけどね……）

なんせ、セシリアは公式に『どのルートでも絶対に死にます』と言わしめたキャラクターだ。さらによく利用していた攻略ブログでも赤字で同じように書かれていた。お墨付《すみつ》きである。

「そんなところで何をしているんですか？」

ふとかかった声に顔を上げる。そこにはモードレッドがいた。

「こちらは研究棟《とう》の敷地ですよ？　何か用事でも？」

「あ、いや。ちょっと探し物を……」

「探し物？」

モードレッドは怪訝《けげん》な顔をする。用事もなさそうな学生がこんなところを放課後にうろうろしているのだからしょうがない。研究棟は国の大事な研究も取り扱《あつか》っているのだ。

「えっと、先生は何をしているんですか？」

セシリアは話をそらすために笑顔でそう聞いた。

「私ですか？　私は今からちょっとお見舞いに……」

「お見舞い？」

「はい。実は、妹があそこに入院しているんですよ」

そう言って指したのは、学院の中にある病院だ。重篤《じゅうとく》な患者《かんじゃ》も受け付けることができる、国内で一、二を争う大きな病院である。

（モードレッド先生、妹いたんだ……）

知らなかった情報である。彼に妹がいることも、その妹が入院していることも、ゲーム中には出てこなかった。少なくとも、ひよのがプレイしたところまではそんな話は出てこなかった。

「入院って。妹さん、病気なんですか？」

「いえ、病気というわけではないんですよ。ただ、少し頭を打ってしまって」

「頭、ですか」

首をかしげたセシリアに、モードレッドは柔和《にゅうわ》な表情のまま、少し視線を下げた。

「実は少し前、妹は何者かに襲《おそ》われたようなんです」

「え!?」

「見つけてくれた方のおかげで一命は取り留めましたが、その時の怪我《けが》で今も入院をしてるんですよ。まだ犯人は捕《つか》まっていませんが、妹を助けてくれた人が『逃《に》げていった人を見た』と証言しているので、おそらくそれが犯人なのだろうと……」

「それって――！」

どこかで聞いた話である。セシリアは頭に浮《う》かんだ可能性を確かめるために口を開いた。

「もしかして、妹さんはこの学院の生徒だったりしますか？」

「えぇ、そうですよ。私と妹は歳《とし》が離れているのでちょうど君たちの一つ下になります」

「いつから入院されているんですか？」

「三月からなので、もう三、四ヶ月ほどになりますね」

「三月!?」

「それがどうかしましたか？」

セシリアは大きく目を見開いた。

（ゲームの中でアザレアの神子《みこ》が死んだのと同じ月!?　やっぱり――）

どうしてアザレアの痣《あざ》を持つ神子候補が死んだという情報がないのか。死んでいないのなら、どうして選定の儀《ぎ》で名乗り出なかったのか。モードレッドの妹がその神子候補ならば、簡単に筋は通る。

（キラーには襲われたけれど、怪我だけで済んだってこと!?）

セシリアはぐっとモードレッドに詰《つ》め寄った。

「あの！　妹さんってあざ――」

そこまで言って、セシリアは固まった。今、自分は男なのだ。セシリアの姿の時ならまだしも、男性であるセシルが『妹さんって痣ありますか？』なんて聞いたら怪《あや》しまれるし、セクハラもいいところだろう。

「あざ？」

「あざ、あざ、あざらし！　そう！　あざらし好きですか？」

「はぁ。あざらし、ですか？」

モードレッドはあからさまに困惑《こんわく》したような表情になった。それもそうだ。言っているセシリアだって意味が分からない。

「わかりませんね、本人に聞いてみないと。……それがどうかしたんですか？」

「いや！　俺、あざらしが好きなんで、妹さんと趣味《しゅみ》合うかなぁ……って思いまして」

苦しすぎるすり替《か》えである。当然だが、別段あざらしは好きでも嫌《きら》いでもない。

少し訝《いぶか》しげな顔をしていたモードレッドだが、時刻を告げる鐘《かね》の音に見舞いの件を思い出したようだった。赤く染まった空を見上げ、彼は止まっていた歩を再び進めはじめる。

「それではこれで。君も早く寮《りょう》に帰った方がいいですよ」

「あ、はーい……」

セシリアは苦笑いを浮かべたままモードレッドを見送るのだった。

翌日、ギルバートの用事で少し早めに学院についたセシリアは、授業が始まるまでの朝の時間をぼーっと教室で過ごしていた。室内にはまだ誰《だれ》もおらず、静まりかえっている。思い出されるのは昨日のモードレッドとの会話だ。

『実は少し前、妹は何者かに襲われたようなんです』

『私と妹は歳が離れているのでちょうど君たちの一つ下になります』

『三月からなので、もう三、四ヶ月ほどになりますね』

時期も条件もバッチリだ。

彼の妹は、もしかしたら本当に神子候補なのかもしれない。彼のプロフィールに妹のことが書いていなかったのは、プレイヤーのことを驚《おどろ》かそうとする製作者側の意図だろう。乙女《おとめ》ゲームではままあることである。そしてきっと彼のルートでは、妹のことを絡《から》ませてストーリーが進んでいったに違《ちが》いない。『妹を殺され、キラーに強い恨《うら》みを持っているモードレッドが、仇《かたき》を取ろうと奮闘《ふんとう》する話』とかならちょっと楽しそうだ。

いや、現実で考えるならば決して楽しい話ではないのだが……

（どちらにせよ、確かめるには直接会って聞かないとダメなんだよね……）

けれどセシリアには、それが難しかった。

モードレッドの妹とは顔見知りではない上に、彼女にとって『セシル』は異性なのだ。いきなり見知らぬ男がお見舞《みま》いに来たいと言ったら、何者かに襲われたばかりの彼女は、当然警戒《けいかい》するだろう。そもそもモードレッドが許可しない可能性もある。

（セシリアの恰好《かっこう》なら同性だし、まだ警戒心も薄《うす》くなるんだろうけど……）

それはそれでまた別の問題が生まれてきそうだ。彼女はのっぴきならない事情でもできない限り、学院でセシリアの恰好はしないつもりでいた。

（どうしようかなぁ……）

「なに悩《なや》んでるの？」

「あ、……リーン！」

ちょうど今来たのか鞄《かばん》を机に置きつつ、彼女は話しかけてきた。口調が素《す》なのは周りに人がいないからだろう。

「今日は早いわね」

「ギルが先生に呼び出されちゃってね。なんか家のことみたいなんだけど……」

リーンは心底興味なげに「ふーん」と呟《つぶや》き、セシリアの前の席に腰《こし》かけた。

「それより、さっきはなにに悩んでたの？」

「悩んでるのわかる？」

「前世からの親友を舐《な》めないでよね！」

リーンは胸を叩《たた》く。その仕草は完全に一華のもので、セシリアは思わず噴《ふ》き出した。

そのまま彼女は、昨日あったことと三人目の神子候補について話をした。セシリアが話し終えると、リーンは顎《あご》をさすりながら「なるほどね」と呟く。

「それは、確かに怪しいわねぇ」

「モードレッド先生の妹が三人目の神子候補って、あり得ると思う？」

「あり得るんじゃない？　『敵に親族殺された攻略《こうりゃく》キャラクター』って、乙女ゲーム的には割と定番だと思うし！」

「そうだよね！」

　ここにギルバートがいたら『なに、乙女ゲームってそんなに怖《こわ》いゲームなの……』と顔をしかめる案件である。

「で、確かめたいんだけど、いい方法が思いつかなくて……」

「そんなのお見舞《みま》いに行けばいいじゃない！」

　リーンにからりとそう言われ、セシリアはため息をつきながら机に突《つ》っ伏《ぷ》した。

「そう簡単に言うけどさー。私は今、男なんだよ？　いきなり見知らぬ男がお見舞いになんて来たら、妹さんも怖がっちゃうでしょ？　しかも彼女、襲われた経験があるんだよ？　行っても絶対警戒《けいかい》されて、話にならないって……」

「なによ。学院の『王子様』が情けないわねぇ。そこで、メロメロに落としてこその『王子様』じゃない！」

「兄である先生の前で？」

「まぁ、そこは命を差し出すぐらいの覚悟《かくご》で」

「いやだよ！　そんなことで命とか差し出せないよ!!」

　涙目《なみだめ》である。彼が実は真性のシスコンだったらどうするつもりなのだ。

「それなら、私が一緒《いっしょ》に行ってあげようか？」

「へ？」

「女生徒がいるならおかしくないでしょう？　それに、妹さんの友人だっていえば大丈夫《だいじょうぶ》よ！　まさかモードレッド先生も、妹の交友関係まで全部把握《はあく》しているわけじゃないでしょうし！」

　確かに、『女生徒の付き添《そ》い』という形ならその場にセシルがいてもおかしくはないだろう。無駄《むだ》な警戒心も抱《いだ》かせないというものである。

「協力してくれるの？」

「もちろん。前世からのよしみですもの」

「一華ちゃん……」

　思わず感動で声が緩《ゆる》んだ。まさか彼女が手伝ってくれるとは思わなかったのだ。こういっては何だが、彼女は自分の利益になることしかしない。親友のセシリアが困っていても相当なピンチでない限り、普通《ふつう》ならば動いてはくれないだろう。

　リーンはピンク色の髪《かみ》の毛を手でもてあそぶ。

「今はリーンよ。……でも、その代わり……」

「え？」

　嫌《いや》な予感に声がひきつった。

　リーンはどこからともなくスケッチブックを取り出し、微笑《ほほえ》んでみせる。

「私の方にも協力してくれるわよね？」

弾《はじ》けるようないい笑《え》みだった。

セシリアはそんな彼女にしばらく固まった後、暗い顔で頭《かぶり》を振《ふ》った。

「いや、それならいいや……」

「ええ!?　ちょ、ちょっと！」

「リーンだって、知ってるでしょ！　この前、それやってギルに怒《おこ》られたばかりなんだから！　もうあんな風に姉弟《きょうだい》げんかするのはごめんなの！」

以前、セシリアは『ギルバートの悩みを聞いてもらう』という条件のもと、彼女のスケッチに協力したことがある。あの時はオスカーまで巻き込んで、相当恥《は》ずかしい恰好ばかりさせられた。しかもそれをギルバートに見られ、彼は激怒《げきど》。姉弟始まって以来の喧嘩《けんか》にまで発展してしまった。

リーンは必死にセシリアの身体《からだ》を揺《ゆ》する。

「いいじゃない！　あんな嫉妬《しっと》丸出しの、義姉を姉とも思ってない腹黒弟のことなんかほっときなさいよ！」

「ほっとけないよ！　それにギルってば怒ったら相当怖いんだからね！」

「親友とどっちが大切なのよ！」

「一華ちゃんだって、私と同人誌を天秤《てんびん》にかけたら、同人誌を取るでしょう!?」

「当たり前じゃない！」

「そこで当たり前とか言っちゃう人には協力できないよ！」

「言ったわねー！」

ぷくぅとほっぺを膨《ふく》らましているさまは大変可愛《かわい》らしい。本当に大変可愛らしいのだが、要求は邪悪《じゃあく》である。リーンはしばらくむくれた後、スケッチブックを机の上に叩きつけた。

「じゃぁ、わかった！　今回は一人よ！」

「一人？」

「そう、一人！　絡み絵じゃないの！　彼が怒ったのってオスカーと絡んでたからでしょ？一人なら怒られないいんじゃない？」

「それは、確かに……」

「なら、決定！　協力してあげるわ！　その代わり、一人ってこと以外は従ってもらうから！」

もうこれではどっちが頼《たの》み事をしているかわからない状況《じょうきょう》である。

「まぁ、それなら……」

「言ったわね！　約束よ！」

「う、うん……」

一人で絵のモデルぐらいになるなら怒られないだろう。呆《あき》れ顔はされるかもしれないが、きっとそれだけである。

「それじゃ、先にお見舞いの方に行きましょう！　私、モードレッド先生に話を聞いてみるから。予定は明日《あした》でいいわよね？」

「あ、うん！」

明日はちょうど学院も休みだ。

セシリアが頷《うなず》くと同時に、教室の扉《とびら》が開き、生徒が入ってきた。


「で、なんでこんな大人数になっちゃったの？」

翌日、リーンと待ち合わせをしていた寮《りょう》の前で、セシリアはそう呟いた。目の前にいるのはリーン、オスカー、ギルバート、ジェイド、ヒューイの五人である。セシリアを合わせれば六人にもなる大所帯だ。

「ヒューイ様とジェイドは私が誘《さそ》いましたの。オスカー様とギルバート様は偶然《ぐうぜん》すぐそこでお会いしまして……」

余所《よそ》行きの顔で、リーンはそう微笑む。セシリアも大概《たいがい》だが、彼女も大概自分を偽《いつわ》っている。ちょっと感心してしまうぐらいだ。

「それにしても、多くない？」

「大丈夫です。先生に許可は取りましたわ。むしろ多い方が妹も喜ぶだろうと……」

「それならいいけど……」

大勢で病室に押しかけてしまうことに一抹《いちまつ》の不安があったが、モードレッドが許可を出したということは大丈夫だろう。胸をなでおろすセシリアにオスカーが近づいてきた。

「悪いな。邪魔《じゃま》をしてしまったみたいで」

「そんなことないよ！　ごめん、言い方が悪かったよね」

頭を下げるセシリアにオスカーは首を振った。

「いや。心配してしまうのも無理はない。ただ、先生には普段《ふだん》から世話になっているし、この機会に妹さんにも挨拶《あいさつ》が出来たらと思ってな」

そう言いながら、彼は表情を崩《くず》した。

こういう義理堅《ぎりがた》いところは、この世界のオスカー特有のものだ。ゲームでの彼は、こんな風に誰《だれ》かと関《かか》わろうとはしなかった。少なくともヒロインのリーンと友人のダンテ以外、彼が誰かを気に掛《か》けるということはなかったはずである。

「というか、オスカー久しぶりだね！　最近あんまり学院に来てなかったでしょ？」

「あぁ、ハイマートの件の事後処理やらなんやらでな」

ハイマートの件というのは、セシリアの誘拐《ゆうかい》事件のことである。

その言葉を聞き、彼女は申し訳なさそうな顔で頬《ほお》を掻《か》いた。

「そっか。なんか、俺のせいでごめんね」

「いや、お前のせいでは――」

「でも、最近会えてなかったから、偶然でもなんでも会えて嬉《うれ》しいよ！」

素直《すなお》な気持ちをそう吐露《とろ》すれば、彼の頬はにわかに赤く染まった。

「……そうか」

「うん！」

オスカーは目尻《めじり》を下げながら、セシリアの頭に手を伸《の》ばす。しかし、その手が彼女に触《ふ》れる前に、ギルバートが制してしまった。彼はオスカーの手首を摑《つか》まえながら、黒い笑みを浮《う》かべる。

「わーい。俺も殿下《でんか》に会えて嬉しいです」

「……お前とはしょっちゅう会っていたよな？」

オスカーの引いた表情に、ギルバートの表情も消える。

「殿下とは毎日会っていたいんですよ」

「それは、そんな表情で言う台詞《せりふ》じゃないだろう！」

「え？　もしかして殿下は俺に、満面の笑みで猫《ねこ》なで声を出してほしかったんですか？」

「やめろ！　想像させるな！　気持ちが悪い!!」

「大丈夫《だいじょうぶ》です。俺も想像だけで最高に気持ちが悪いですから」

オスカーの腕《うで》を摑《つか》んだまま、ギルバートは口元に手を当てる。それを見て、オスカーは頬をひきつらせていた。

　そんな二人の様子をセシリアは少し離《はな》れたところで見守る。

「二人とも、相変わらず仲いいなぁ」

「あれが？」

　たまたま隣《となり》に立っていたヒューイが信じられないという顔をする。彼の隣にいるリーンもジェイドも苦笑《くしょう》を浮かべていた。

「さぁさぁ皆《みな》さま！　じゃれてないで参りましょう！　モードレッド先生がお待ちです！」

　リーンの号令で、一行は病院を目指しはじめた。


「あぁ、よく来てくれましたね」

　教えてもらった病院前で、モードレッドは待っていた。彼は柔和《にゅうわ》な表情のまま六人を迎《むか》える。

　そんな彼の前に、代表者であるリーンは一歩踏《ふ》み出した。

「モードレッド先生、今日はお時間を取っていただきありがとうございます。それとすみません。私、セシル様に教えていただくまでエミリーが入院しているだなんて全く知らなくて、こんなに遅《おそ》くなってしまいました」

　悲しげな表情で、リーンは目を伏《ふ》せる。どうやらモードレッドの妹は『エミリー』という名らしい。どうやって調べたのかはわからないが、大した探知能力だ。

彼女の設定では『リーンはセシルに話を聞いて、しばらく会ってなかった友人が入院していることを知った』ということになっているようだった。それなら確かにこの場にセシルがいるのも不自然ではない。

「いいんですよ、こういうのは来てくれたことに意味があるんです。きっとエミリーも喜んでくれます」

そうしてモードレッドは先導して歩き出す。病室まで案内してくれるのだろう。

一行の一番後ろで、セシリアはリーンに耳打ちした。

「ねぇ、本当にエミリーさんと友達だって嘘《うそ》ついたの？」

「そうよ」

「それって大丈夫!?　いきなり知らない人が入ってきたら、エミリーさんだってビックリしちゃうよ？　すぐ知り合いじゃないってバレちゃうんじゃない？」

「それは大丈夫よ！　こういうのは相手が口を開く前に『あー！　すっごく久しぶりー！　覚えてる？　私、リーンよ！　何年ぶりかしら！』とか言えば、大体の人間は狼狽《うろた》えながらも『……うん』って答えるから」

「相変わらずコミュ強だよね……」

「うふふ、ありがとう」

それからしばらく歩き、モードレッドの足はある病室の前で止まった。

「ここです」

そう言って、彼は病室の扉を開けた。奥にはベッドが一台しかない。どうやら個室のようだ。

「こちらです」

そう促《うなが》されるまま、一行は部屋に足を踏み入れる。そうして、ベッドに近づいた。

ベッドの中でエミリーは寝《ね》ていた。これだけの大人数が入ってきたにもかかわらず、彼女の瞼《まぶた》は固く閉じられたまま、開く気配をみせない。

「エミリーさん、寝ているみたいですね」

「お見舞《みま》いは後にした方がいいんじゃないか？」

ジェイドに続き、ヒューイがそう言う。モードレッドは彼女の布団《ふとん》をかけ直しながら、悲しげに視線を下げた。

「待っていても起きませんよ」

「え？」

「エミリーはあの日からずっと眠《ねむ》ったままなんです」

彼の言葉にその場にいた誰もが息をのんだ。

「それって……」

「身体《からだ》は良くなったはずなんです。脳にも異状はない。ただ、眠ったまま起きてくれないんですよ」

モードレッドは慈《いつく》しむように妹の額を撫《な》でる。

「よほど、襲《おそ》われたときのことが怖《こわ》かったんでしょうね。たまにうなされているような声を上げることもあるんです。でも、目だけは一向に開かない」

彼は妹から視線を上げる。そして、悲しげに眉《まゆ》を寄せたまま、微笑《ほほえ》んだ。

「私も早く起きた顔が見たいんですけどね」

その少しだけ泣きそうな表情に、一同は何も言えなかった。

「妹さんのことを調べてるときにね、たまたま知ったんだけど。モードレッド先生、ご両親が早くに亡《な》くなっていて、エミリーさんしかご家族がいないみたいなの」

リーンがそう言ったのは、病院からの帰りだった。二人は列の一番後ろを、少し離れた状態でついて歩く。

「そう、なんだ」

「だから、余計にショックでしょうね。妹を溺愛《できあい》していたって噂《うわさ》もあったぐらいだから」

その言葉にセシリアは一行を見送るモードレッドの姿を思い出す。

『すみません、こんな姿で。でも、もしよかったらまた来てあげてください。今日は心なしか楽しそうにしていましたから』

そう言う彼は、いつもと変わらず穏《おだ》やかな表情を浮かべていた。しかし、その変わらなさが、余計に痛々しさを誘《さそ》う。

「たとえエミリーさんが神子《みこ》候補だとしても、あの状態の彼女に全《すべ》てを投げるのは無理があるわね」

「……そうだね」

正直、そんなことを言える状態ではない。彼女が無事目覚めれば何か進展は見込めるかもしれないが、今の状態ではかけらもそんなことは考えられなかった。ただ、悲しげに目を伏せるモードレッドが頭を占拠《せんきょ》して離れない。

その時だ、一行は一人の女性とすれ違《ちが》った。大きな瓶底《びんぞこ》眼鏡をかけたくせっ毛の女性である。彼女は白衣を靡《なび》かせながら、先ほど一行が出てきた病院の方へ歩いていく。

（あれ？）

「どうしたの？」

立ち止まり、振《ふ》り返ったセシリアを見て、リーンも足を止める。

「いや、なんか……」

（どこかで見たような気が……）

しかし、はっきりとは思い出せない。おそらくゲームでの記憶《きおく》なのだろうが、どこで見たのか、誰《だれ》のルートで見たのかはまったくわからなかった。

（でも、妙《みょう》に……）

気になる。

「大丈夫？　何か気になる事でもあった？」

「あ。ううん、大丈夫。気のせいだったみたい！」

リーンの問いかけにセシリアは首を振り、踵《きびす》を返す。ここまではっきりとした記憶がないのだ。見たことがあるにしても単なるモブキャラだったに違いない。それならば覚えていなくても何の支障もないはずだ。

「ごめん、行こう」

少し先の彼らに追いつこうと、セシリアは駆《か》け足になった。


病院に行ってから三日後、セシリアは空き教室の壁《かべ》に張り付いていた。目の前には不気味な笑《え》みを作るリーン。手にはスケッチブックを持っていた。

そう、今日はお見舞いの交換《こうかん》条件である小説の挿絵《さしえ》のモデルをする日だった。この日のために一応ギルバートにも相談して『まぁ、一人の立ち絵ぐらいなら何も言わないけど……』という了承《りょうしょう》を貰《もら》ってきている。

しかし、問題はセシリアの姿にあった。

「な、なんでこんな恰好《かっこう》……」

セシリアは自分の身体を隠《かく》すように抱《だ》きしめる。彼女はいつもの制服姿ではなかった。赤いサテンの生地《きじ》に金色の鳳凰《ほうおう》の刺繍《ししゅう》。詰《つ》め襟《えり》に華《はな》やかな花ボタン。スカートのスリットは太腿《ふともも》まで入っており、足元は赤いパンプスを履《は》いていた。

そう、これはいわゆるチャイナドレスである。

「ふふふ、喜びなさい。この三日、夜なべして作ったのよ。さぁ、そこに立つのよ、セシル！」

リーンの言葉にセシリアは首をこれでもかと振る。

「無理！　何このコスプレ！　は、恥《は》ずかしいよ！」

「何言ってるのよ、普段《ふだん》から男装しているくせに！　それに一人ってこと以外、何でも言うこと聞く約束よね？」

「だ、だとしてもこれはないって！　しかもセシルの恰好で！　女物の服のモデルなら、今からさらし取るから……」

単にチャイナドレスを着ているのが恥ずかしいわけではない。男の姿にもかかわらず、女性もののチャイナドレスを着ているのが恥ずかしいのだ。これならセシリアの姿で着た方がはるかにマシである。

「何馬鹿《ばか》なこと言ってるのよ！」

服を脱《ぬ》いで、さらしを取ろうとしたセシリアを、リーンはものすごい形相で止めた。今日のために徹夜《てつや》をした彼女の目は血走っており、それが余計に恐怖《きょうふ》を駆り立てる。

「こういうのは、女が着ても面白《おもしろ》くないの！　男の子が恥ずかしがりながら着るからいいのよ！」

「へ、変態！」

「そうよ！　だから何!?」

開き直り方もここまでくると清々《すがすが》しいものがある。

リーンはセシリアから距離《きょり》をとると、恥ずかしがる彼女を指で作った枠《わく》でとらえた。

「ふふふ……、さぁ、どんなポーズをとってもらいましょうかねぇ」

「ひっ！」

舐《な》めまわすような視線に背筋が粟立《あわだ》った。目尻《めじり》にはジワリと涙《なみだ》が浮《う》かんでくる。

「さぁ、セシル。全国の女性たちがあなたの恥ずかしがる姿を待っているのよ！」

「ぜん、こく?」

「ジェイドが印刷所を買収したのは知ってるわよね？　それで最近、国内に本を売り出す算段が付いたのよ！」

前々からとんでもない話になってきているとは思ったが、本格的におかしな方向へ舵《かじ》を切っている彼女である。ジェイドも『創作仲間』から『ビジネスパートナー』へとわけのわからない格上げを果たしているではないか。

「何も知らない子女たちに贈《おく》る一冊目が女装物っていうのは、ちょっと奇《き》をてらいすぎている感があるかもしれないから、この挿絵を使うのはきっと二冊目か三冊目になってしまうかもしれないけれど。大丈夫《だいじょうぶ》安心して！　素晴《すば》らしい作品に仕上げてみせるから！」

「い、嫌《いや》だ!!」

「貴女《あなた》の犠牲《ぎせい》は決して無駄《むだ》にしないわ！」

「そもそも犠牲になりたくない!!」

半べそ状態でセシリアは必死に首を横に振る。このままでは全国民に自分のこんな姿がさらされてしまう。そう思うと寒気しかしなかった。

「さ。喜びなさい、セシル！　晴れて全国デビューよ！」

スケッチブック片手ににじり寄ってくる彼女に、喉《のど》の奥から小さな悲鳴が上がる。

「ご、ごめん！　本当に無理——!!」

「あ、ちょっと!!」

セシリアはチャイナドレス姿のまま逃《に》げ出した。咄嗟《とっさ》にリーンも追ってくるが、十二年間鍛《きた》え続けていた脚力《きゃくりょく》に、徹夜明けの彼女が勝てるわけもない。

幸いなことに廊下《ろうか》には誰もおらず、セシリアは無事リーンを撒《ま》くことができた、のだが……

（どうしよう。制服がない……）

思わず着の身着のまま逃げてきたので、制服までは持ってきていなかった。全国に晒《さら》されるのも勘弁《かんべん》だが、学院内で誰かに見られるのも勘弁してほしい姿である。特にセシルに熱を上げている女生徒たちに見つかれば、きっとただでは済まされない。

（取りに帰ろうにも、リーンと鉢合《はちあ》わせするだろうしな……）

制服は先ほどまでいた教室に置いてあるはずだ。それを取りに行くということは、敵陣《てきじん》へと無策で突《つ》っ込むことを意味していた。

目下、一番の敵は親友であるリーンである。

（『親友』って確か『一番の友達』って意味よね……）

苦笑いがこみあげる。彼女が過激な性格だとは知っていたが、ここまでだとは思いもしなかった。だからといって嫌《きら》いになれないところが、彼女の面白いところではあるのだが……。

（とりあえず、このままじゃだめよね）

資料室や空き教室ばかりが立ち並ぶ場所だからか、昼休憩《きゅうけい》中にもかかわらず、見渡《みわた》す限りに人はいない。しかし、いつ何時誰が通りかかるかわかったものではないので、セシリアは早々に制服に代わるものを見つけるか、制服を取り戻《もど》す算段をつけなければならなかった。

（どうしよう……）

「おい」

考え事をしていると、突然《とつぜん》背後から声がかかった。その瞬間《しゅんかん》、セシリアの背は伸《の》びる。

「怪《あや》しい奴《やつ》だな。そんな異国の服を着て、どこから来た？」

叱責《しっせき》するような声にセシリアは振り返る。するとそこにはオスカーがいた。目が合った瞬間、彼の目は大きく見開かれる。

「お前、こんなところで何を⁉　しかも、なんだその恰好……」

「これには、深い事情がありまして……」

セシリアは身体《からだ》を隠しながら視線を逸《そ》らした。

恰好が珍《めずら》しいのか、オスカーの視線が上から下に流れるのが恥ずかしすぎる。

まだオスカーだから良かったが、見つかったのが知り合いでもない女生徒だったら、今ので心臓は止まっていた。

「セシル様！　いい加減出てきてくださいませ！」

その時、遠くから聞こえてきた声に、セシリアの身体は跳《は》ねた。誰《だれ》に聞こえているかわからないからか、その声は猫《ねこ》を被《かぶ》っているとき特有の響《ひび》きをしている。

「リーンだ！　まずいっ！」

「あ、おいっ！」

セシリアは咄嗟にオスカーの手を掴《つか》む。そして、一番近くの空き教室に一緒《いっしょ》に飛び込むと、鍵《かぎ》を閉めて、窓から見えないように身体を低くした。

『セシル様ー』

先ほどまでセシリアたちがいた廊下をリーンが進む。隣《となり》を通る彼女にバレないようにセシリアはさらに身体を低くさせた。

（こ、こわい……）

親友の声にこれだけおびえる日が来るとは想像だにしなかった。

「……おい」

「しっ！」

オスカーの不満げな声を制する。口元を押さえると、彼が小さな声で唸《うな》るのが聞こえた。そのまま気配を殺し、やり過ごす。耳元で聞こえる激しい心臓の音にも、全く気が回らない。

しばらくして、リーンの気配が遠ざかり、セシリアは身体の力を抜《ぬ》いた。

「ふへぇー……」

「……セシル」

「あ、ごめんね？」

「いいから、離《はな》れてくれ……」

そう言われて初めて、彼女は自分の体勢に気がついた。

セシリアはオスカーの上に乗っかっていた。押し倒《たお》し、身体をぴったりと密着させた状態で、彼の胸板《むないた》に頭を乗っけている。先ほどまで口元を押さえつけていた手は取られていて、オスカーは首まで真っ赤に染め上げたままセシリアを見下ろしていた。

「頼《たの》むから」

苦しそうなその声に、セシリアもまた一気に顔を真っ赤に染めた。


「リーンだ！　まずいっ！」

「あ、おいっ！」

いきなり手首をつかまれ、オスカーは教室に投げ入れられた。勢いがついたのかバランスが取れず、彼は尻餅《しりもち》をついてしまう。なにが起こっているのかわからないうちに、今度は肩《かた》を押され床《ゆか》に寝《ね》転《ころ》ぶ形になった。その上にセシルは覆《おお》い被《かぶ》さる。

「――っ！」

声にならない叫《さけ》びを上げ、身体が硬直《こうちょく》した。胸板に頭を押しつけてくる彼からは、甘ったるい女性のような香《かお》りがしてくる。

（これは……）

思いもよらぬ状態に頭がクラクラした。しばらくすると『セシル様ー』という聞き慣れた声が聞こえてきて、そこでようやく事態を飲み込んだ。

彼はリーンから逃げているのだ。そして、この奇っ怪《かい》な、異国の女性のような恰好《かっこう》も彼女の

思惑《おもわく》に違《ちが》いない。

（だとしても、なんでこんな……）

オスカーは彼の身体に視線を移した。赤いサテンのドレスから覗《のぞ》く両腕《りょううで》は今にも折れてしまいそうなぐらい細くて華奢《きゃしゃ》だ。大きく開かれたスリットからは白い太股《ふともも》が露《あら》わになっており、オスカーの膝《ひざ》を割るように差し込まれている。ぴったりとくっついた身体と、両膝《りょうひざ》で感じる太股の柔《やわ》らかさに心臓がおかしいぐらい高鳴った。

（落ち着け!!　コイツは男だ！）

自分にそう言い聞かせる。そんなオスカーの気持ちを知ってか知らずか、セシルはさらに身体を密着させてきた。

（――この馬鹿《ばか》っ！）

「……おい」

さすがに耐《た》えかねて口を開くと、なんと彼はオスカーの口を容赦《ようしゃ》なく塞《ふさ》いできた。真剣《しんけん》な顔で「しっ！」などと言われても、当然こちらはそんなことには応じられない。

（しかし、ここで騒《さわ》ぐとリーンに見つかるか……）

こんな状態を彼女に見つかったら、なにを書かれ、なにを作られるかわかったものではない。

オスカーは声を呑《の》み込み、下唇《したくちびる》を噛《か》みしめた。黙《だま》っていると彼の身体の柔らかさのことばかり考えてしまうので、必死に素数を数える。それでも、セシルの呼吸音や無駄《むだ》に甘く香《かお》ってくる香りに、何度も思考が止まりそうになった。

しばらくして、リーンの気配が遠のいていく。セシルはため息とともに身体を弛緩《しかん》させた。

「ふへぇー……」

「……セシル」

「あ、ごめんね？」

「いいから、離れてくれ……」

無駄に渇《かわ》いてしまった喉《のど》の奥から、かろうじてそう絞《しぼ》り出す。

「頼むから」

そう懇願《こんがん》した瞬間、彼も自分の体勢に気がついたようで、一瞬《いっしゅん》にして赤くなった。そして、狼狽《うろた》えだす。それはまるで初心《うぶ》な少女のような反応で、オスカーは彼から視線を逸らした。

正直、見ていられない。こんなものを見ていたら、本当に彼が女性なのではないかと錯覚《さっかく》してしまう。

「ご、ごめん」

赤ら顔のまま、セシルはオスカーの上から下りた。露わになった太股がちらちらと視界に入り、いろいろと耐えられない。

「あと、オスカーごめん。なんかポケットに入ってたもの潰《つぶ》しちゃったかも……」

「それは大丈夫《だいじょうぶ》だ！　本当に気にするな!!」

予想以上に大きな声が出た。怒鳴《どな》られたとでも思ったのだろう、セシルは大きく目を見開いて固まってしまう。

別に怒《おこ》ったわけではない。ただ、気づかれたくなかっただけなのだ。

オスカーはぐっと息を詰《つ》め、身体を起こす。

これは生理現象だ。別にそういう意味ではないし、仕方がないことだ。

そうは思いつつも、罪悪感が胸の中にわだかまる。目の前のセシルに対しても、婚約《こんやく》者のセシリアに対しても。

「あの」

「悪い。出て行ってくれ」

「え？」

「頼む……」

その声が硬《かた》かったからだろうか、彼はあからさまにおろおろし出した。嫌《きら》われたとでも思ったのだろう。

「それならオスカーも一緒に……」

伸《の》ばされた手を無意識のうちに振《ふ》り払《はら》う。その瞬間《しゅんかん》、セシルが傷ついたような顔をしたけれど、フォローするような言葉は出てこなかった。ただ一言「悪い」とだけ呟《つぶや》くと、彼は気まずそうな顔で「うん」と頷《うなず》いた。

「じゃぁ、出てくね。本当にごめん」

「いい。気にするな」

そろそろとセシルは部屋から出て行く。その背中を見送り、オスカーは教室の中で大の字になった。

「あー……」

未《いま》だかつて、これほどまでに自己嫌悪《けんお》に陥《おちい》った日があっただろうか。

「だからアレは男で、友人で。俺にはセシリアがいるのだと何度……」

セシリアに対する気持ちが薄《うす》れたというわけではない。婚約だって破棄《はき》するつもりは毛頭ない。けれど、セシルの行動に惑《まど》わされ続けている自分がいるのもまた事実で、それが余計に罪の意識を加速させる。

「あぁ、くそっ！」

彼は腹立たしげに自分の髪《かみ》の毛を乱暴にかき混ぜた。


（オスカー、怒ってたな）

悲しげに視線を下げながら、セシリアはとぼとぼと廊下《ろうか》を歩いていた。

出て行ってくれと言った彼の迷惑《めいわく》そうな顔が頭に張り付いて離れない。

(仲良くなってきたと思ったのに、やっちゃったなぁ……)

いきなり空き教室に連れ込まれ、わけがわからないうちに上に乗られたら、それは誰《だれ》だって怒るだろう。当然だ。しかも口を塞ぎ、制止を聞かず、身体《からだ》を密着させた。重たかっただろうし、嫌《いや》な気持ちになったに違いない。それでもリーンが立ち去るまでは騒がないでいてくれた彼の懐《ふところ》は相当に広いと思う。

(後からちゃんとオスカーには謝っておかないと……)

そう思いながら廊下を進んでいると、突然《とつぜん》前方から「あれ？」という聞き慣れた声が聞こえてきた。顔を上げると、そこには大きく目を見開くギルバートの姿。

「あ」

目が合った瞬間、ギルバートの表情が死んだ。セシリアの身体からは大量の汗《あせ》が噴《ふ》き出る。

(やばいやばいやばい!!)

彼はつかつかと歩み寄ってきて、自分の上着をセシリアにかけてくれた。

その行動だけは優《やさ》しいのだが、表情は少しも優しくない。怒っている。彼は、変な恰好をしている義姉《あね》に対して、腸《はらわた》を煮《に》え繰《く》り返している。

身体が自然に震《ふる》えだす。目は当然、合わせられない。

「ご、ごめんなさ……」

「とりあえず、今すぐ服を着替《きが》えてこようか？」

そういった彼の笑顔《えがお》に、セシリアは泣きそうになった。——もちろん、恐怖《きょうふ》で。

ギルバートの進言により、セシリアはなんとか制服での立ち絵だけで済ますことができた。

それでも、変なポーズは取らされたし、わけのわからない表情だってリクエストされた。

しかし、やはりそれだけでは不満だったようで、リーンは去り際《ぎわ》に、

『覚えてなさいよ！』

なんて、涙目《なみだめ》で捨て台詞《ぜりふ》を吐《は》いていた。徹夜《てつや》までして用意してもらったのに断ってしまって、本気で悪いとは思っているのだが、どうしてもあれは耐えられなかった。


セシリアは制服を整えながら、教室に帰ってくる。帰り際、オスカーにきちんと謝ろうと、彼を連れ込んだ教室を見たのだが、もう彼はすでに帰った後だった。これは後から改めて教室に顔を出すしかないだろう。

（それにしても、今後どうしよう。エミリーさんが目覚めれば、すべて丸く収まるんだけど……）

思考回路を真面目《まじめ》な方向に切り替《か》え、セシリアはそう考える。

モードレッドの妹であり、三番目の神子《みこ》候補であるだろう彼女が目覚めれば、セシリアもモ

ードレッドもエミリーもみんな幸せになれる。もちろんエミリーが神子になるのを嫌がるという可能性もあるが、この国での神子というのは、女性が上り詰めることができる最高権力者であり、本来ならば誰もが憧《あこが》れるポジションだ。なりたくないと願うセシリアやリーンのような人間がレアケースなのである。

なので、エミリーが『神子になんてなりたくない！』と願う可能性は極《きわ》めて低いとセシリアは考えていた。

（でも、一体どうやったら目覚めるんだろう）

脳や身体には問題はないらしい。それならば、なにが原因なのだろう。

（その鍵《かぎ》はきっとモードドレッド先生のルートにあるのよね）

そう考えながら、セシリアは席に着いた。昼休憩《きゅうけい》が終わる直前だからだろうか、教室の中は少し騒然《そうぜん》としている。

「セシルはどうだった？」

そう聞いてきたのはジェイドだった。

セシリアはその言葉に首をひねる。

「なにが？」

「定期試験の結果。掲示《けいじ》板《ばん》に張り出されてたよ」

「え!?」

セシリアは慌《あわ》てて立ち上がる。

この定期試験には、彼女の運命がかかっているといっても過言ではない。成績によっては家庭訪問が決定してしまうのだ。男装の件を両親にだまっているセシリアにとって、それだけは、なんとしても避《さ》けなくてはならない事態である。

「ちょっと行ってくる！」

「あ、うん」

頷くジェイドを残したまま、セシリアは掲示板へと走る。

そして、貼《は》られている順位を見て、胸をなで下ろした。

（よかったぁああぁ）

安堵《あんど》の息をつく。結果は学年で十位。前回が八位だったので、少し落ちたぐらいで済んだ。これならば、家庭訪問の心配はないだろう。

（それにしても、みんなすごいなぁ）

攻略《こうりゃく》対象の面々はみんな上位陣《じょういじん》に名を連ねている。ダンテだけは見当たらないが、彼のことなのできっと面倒《めんどう》くさがっただけに違《ちが》いない。『やればできることはわざわざやらない』、それが、彼の主義だ。

（ギルは一位だし。さすがだよねー）

学院で習う勉学の全《すべ》てを、彼はもうすでに学習し終えていた。家庭教師は彼が十三歳の時に

『もう私が教えられることはありません』といい、その任を降りている。なので、彼が学院に通う理由は勉学ではない。貴族同士のコネを作っておくことと、男装すると馬鹿《ばか》を言い出したセシリアのフォローが、彼が学院に通う理由である。

（こう考えると、私ってギルに頭が上がらないわよね。ホント……）

社交界に出ていたギルバートにとって、コネ云々《うんぬん》はどうとでもなる話だ。現に彼を慕《した》う人間は多いし、セシルほどではないが女性人気もそれなりにある。なので、彼が学院に通う理由の九割がセシリアに帰結するのだ。

（夏休みに入ったら、思いっきり労《ねぎら》ってあげなくっちゃ！）

セシリアはそう拳《こぶし》を握《にぎ》りしめた。

ヴルーヘル学院の夏休みはあまり長くない。わずか二週間ほどだ。しかしその短さ故《ゆえ》に、ゲームの中で夏休み期間はまるっと飛ばされていた。なので、キャラクターのイベント等もない。

それはセシリアにとって、ひとときの休息期間を意味していた。

（男装もしなくて良いし！　いろいろ気にする必要もないし！　久々に義姉弟《きょうだい》水入らずで過ごすのも良いかもしれないわよね！）

そう考えるとわくわくが止まらない。少し前に話していた『みんなでセシリアの屋敷《やしき》に行こう』計画も潰《つい》えたようだし、リーンが二、三日屋敷に来ることになっているが、それ以外の期間はゆっくりと二人で過ごそう。セシリアはそう考えていた。

そうは問屋が卸《おろ》さないのが、この世界である。

✦第二章✦ そうして、夏休み《地獄》は始まった。

「お帰りなさいませ。セシリア様、ギルバート様」

「ただいま！」

「ただいま」

夏休みに入り、セシリアとギルバートはシルビィ家の屋敷へ帰ってきた。当然ながら、セシリアは女性の恰好《かっこう》である。

久しぶりの二人の帰還《きかん》に、両親も使用人たちもみな喜んでいるようだった。

二人は、それぞれ部屋で荷《に》解《ほど》きをはじめる。荷解きといっても、二週間ほどの滞在《たいざい》な上に、衣類などの必要最低限の荷物は屋敷にあるので、持って帰ってきた物はそんなに多くない。ただセシリアは、万が一のことを考えて男装道具も持ち帰っていたので、ギルバートの二倍近い荷物の量があった。

（やっぱり、こっちの姿のほうが落ち着くなぁ）

セシリアはスカートの裾《すそ》をつまみながら笑みを作る。セシルの姿も嫌《きら》いではないが、やはりホッとするのはこちらの姿だ。カツラもさらしももう慣れてしまったが、窮屈《きゅうくつ》なことには変わりがない。

それから黙々《もくもく》と荷解きを進め、そろそろ終わろうかというとき、扉《とびら》がノックされた。セシリアが「はーい」と答えると、扉が開きギルバートが顔をのぞかせる。

「姉さん、荷解き終わった？」

「あ、うん！　もうちょっと！」

「ベッキーがお茶準備してくれてるよ。それと、スコーンも」

「わ！　ほんと？　すぐ行く！」

ベッキーというのは、セシリアの侍女《じじょ》だ。彼女の作るスコーンは絶品で、屋敷にいたころは週に一度は必ずそれを強請《ねだ》っていた。

大好物があると聞き、セシリアの笑顔《えがお》は輝《かがや》く。そんな彼女の笑顔を見ながら、ギルバートも心なしか嬉《うれ》しそうに頬《ほお》を引き上げた。

「それなら、いつものところで待ってるね」

「うん！」

セシリアが元気に返事をすると、彼は満足そうに部屋を後にした。

いつものところというのは、屋敷にある音楽室のことだ。元々は彼女たちの父親がバイオリンを弾《ひ》くために作った部屋で、幼いころはセシリアもギルバートもそこで家庭教師からピアノを習っていた。鍵も閉められる上に防音もばっちりなので、今では秘密の話をするために二人はその部屋を使っていた。

秘密の話というのは、当然、セシリアの前世の話である。

(だけど、あの部屋に二人で入っていると、皆《みな》なんだかちょっとそわそわするんだよなぁ)

特に、セシリアのもう一人の侍女であるレナは、セシリアがギルバートと音楽室から出てくるたびに『なにもされませんでしたか!? お身体《からだ》は!?』と毎回謎《なぞ》の心配をしてくれる。しかも血相を変えて。それをギルバートが黒い笑みで制するまでが、大体いつもの流れである。

(皆、私がギルに虐《いじ》められてるとでも思ってるのかなぁ)

セシリアとしては仲良し義姉弟のつもりなのだが、もしかしたらここでもまた運命《ゲーム》の変なバイアスがかかっているのかもしれない。ゲームの中で不仲だった二人をなぞるように、周りには二人があまり仲のいい姉弟に映っていない可能性もある。

(それならもっと、ギルと仲のいいところを周りに見せつけないとね!)

死《BADEND》の運命を変えようというのだ。小さなことからコツコツと運命に逆らっていくべきだろう。


荷解きを終わらせたセシリアは音楽室へ向かう。扉を開くと、ギルバートがいた。彼女が来るまでの間、読書でもしていたのだろう、その手には本がある。

「遅《おそ》かったね」

「ごめん。ちょっと手間取っちゃった」

セシリアははにかみながらギルバートの隣《となり》に座る。そうして、用意してあるスコーンに目を輝かせた。

「わぁあぁ、ベッキーのスコーンだ！　ずっと食べたかったんだよねー！」

「よかった」

「へ？」

「学院を出る前にベッキーに手紙で頼《たの》んでおいたんだよ。姉さん、喜ぶかなって」

「そうだったの？　ギル、ありがとう！」

やはり、義姉《あね》想《おも》いの義弟《おとうと》だ。こんなに優《やさ》しい彼と不仲だと思われているだなんて、実に心外である。

セシリアはスコーンを手に取った。用意されていたスコーンは、チョコレートの入った彼女が一番好きな味だ。きっとこれもギルの手回しだろう。

（おいしそう!!）

零《こぼ》れてしまわないように皿を片手に齧《かじ》りつく。サクッとした音と共に、バターとチョコレートの甘さが口いっぱいに広がった。

「んー！」

久々の味に、悶絶《もんぜつ》してしまう。カロリーが気になってあまりたくさん食べられないのが難点だが、本当にやみつきになる味だ。

「ついてるよ」

「ありがとう！」

口の端《はし》を親指で拭《ぬぐ》われる。「子どもじゃないんだから」と呆《あき》れたように言われるが、少しも嫌《いや》な気持ちにはならなかった。けれど——

「私ってギルに頼《たよ》ってばかりよね。学院でもフォローさせてばかりだし……」

少しだけ、情けなくなる。これではどちらが年上かわからない。

ギルバートはスコーンのかけらが付いた親指を舐《な》め、再び本に視線を落とした。

「別に気にしなくてもいいんじゃない？　姉さんが抜《ぬ》けてるのなんて、今に始まったことじゃないしさ」

「そ、それはそうなんだけど……」

「それに、大変なことになってから頼られるよりは、大事に至る前にフォローする方が幾分《いくぶん》かマシだしね。どうせ尻拭《しりぬぐ》いするなら早い方がいいし」

「そうなのかもしれないけど……!!」

ぐうの音も出ない言葉の数々に心臓が抉《えぐ》られる。セシリアが胸を押さえていると、ギルバートがふっと笑うような気配がした。そして、先ほどよりも優しい声色《こわいろ》が耳をくすぐる。

「それに、俺は好きでやってるだけなんだから、気にしなくていいんだよ」

「ギル……」

「でもまぁ、もうちょっと大人しくしていては欲しいけどね」

最後は黒い笑みでそう言われ、セシリアは視線を下げながら「……すみません」と呟《つぶや》いた。

ギルバートのことは好きだが、こういう顔は恐《おそ》ろしいから是非《ぜひ》ともやめてもらいたい。

セシリアは手に持っていたスコーンを食べ終わると、ギルバートに向き直った。

「ねぇ、ギルはしてほしいことない？」

「してほしいこと？」

「うん。さっきも言ったけどさ、私のことフォローさせてばっかりで申し訳ないし！　夏休み中ぐらいはギルのこと労《ねぎら》ってあげたくて！　私がギルの面倒《めんどう》を見てあげる！」

その言葉に、ギルバートは目を半眼にさせた。

「俺の面倒を？　姉さんが？」

「うん！　料理でもなんでもするよ！」

「それは、俺が死ぬかな……」

その呆れたような声色に負けじと、セシリアは自分の胸を叩《たた》く。

「今回の私の夏休み、全部ギルにあげるよ！　好きに使って！」

雄々《おお》しくそう言った彼女に、ギルバートは一瞬《いっしゅん》だけ目を見開いて、そして眇《すが》めた。

「そんなこと言っていいの？」

「もちろん！　普段《ふだん》から、ギルにはお世話になってるからね」

「……そういうところが間抜《まぬ》けだって、どうしてわからないかなぁ」

ソファーに置いていた手を握《にぎ》られ、ぐっと顔が近づいてくる。思わずセシリアが身を引くと、ギルバートは彼女の奥にあるひじ掛《か》けに手を置いて、彼女を閉じ込めた。

「それでも、何かしてくれるっていうなら、一つだけお願いしたいことがあるんだけど、いいかな？」

その言葉に、セシリアは大きく目を見開いた。

「こんなことでいいの？」

「うん」

ソファーに座るセシリアの膝《ひざ》の上にはギルバートの頭があった。足はひじ掛けの方に投げ出されており、彼はじっとセシリアの顔を見上げながら、落ちてくるハニーブロンドの髪《かみ》をもてあそぶ。

「最近、疲《つか》れてたからさ。癒《い》やされたくて」

「そういえば、ここのところしょっちゅう先生に呼び出されてたわよね？」

「うん。前の家のことでね」

前の家、というのはギルバートの生家であるコールソン家のことだ。コールソン家はシルビィ家の遠縁《とおえん》で、代々大臣などの国の役職を輩出《はいしゅつ》してきた優秀《ゆうしゅう》な家である。しかしそれ故《ゆえ》に選民思想が強く、彼らは自分たち以外の人間を見下しているきらいがあった。現当主夫婦《ふうふ》はさらにその傾向《けいこう》が強く、貴族の子どものほとんどが通うヴルーヘル学院にも『よくない虫がつくかもしれない』と息子《むすこ》たちを通わせていなかった。

「コールソン家がどうかしたの？」

「なんか、いろいろあるみたいでね」

　ギルバートはそれ以上告げず、視線を下げた。落ち込んでいる感じではないものの、本当に辟易《へきえき》しているという感じだ。

（なにかあったのかしら……）

　出自のせいか、ギルバートはコールソン家をあまりよく思っていない節がある。連絡《れんらく》も断《た》っているようだし、生家の話もしたがらないので今まで触《ふ》れてこなかったが、もしかしたらセシリアの知らないところで彼は密《ひそ》かにいろいろな苦労をしているのかもしれない。

　彼女は労うようにギルバートの額を撫《な》でる。すると彼は嬉《うれ》しそうに目を細めた。

（ギルもまだまだ子どもなのね）

　いつも大人びている彼が自分に甘えてきてくれるのが嬉しくて、セシリアの顔にも笑《え》みが浮《う》かぶ。

「ねぇさっき、姉さんの夏休みを全部俺にくれるって言ってたけど、あれってほんと？」

ギルバートは自分の額を撫でていたセシリアの手を取りながら、そう聞いてくる。セシリアは笑顔で頷《うなず》いた。

「うん！　あ、でも、用事がある日以外になるかな！」

「用事って？」

「えっと。ハンス兄に稽古《けいこ》つけてもらう予定があるのと、ドニーに勉強を見てもらう約束もしてるでしょ。あとは、ベッキーとレナに料理を教わって、エルと一緒《いっしょ》に草むしり。それと……」

セシリアは指を折りながら夏休みの予定を上げていく。ハンスというのはシルビィ家の兵士で、ドニーというのはシルビィ家家令の息子だ。ベッキーとレナは侍女《じじょ》。エルというのは庭師の青年である。

社交界に出られず友人が作れなかったセシリアにとって、彼らは使用人以上に良き友人でもあった。

「それって俺に割《さ》ける時間ある？」

「あるわよ！　……たぶん」

セシリアの曖昧《あいまい》な返事に、ギルバートは彼女の手に指を絡《から》ませてきた。

「それさ、全部断って」

「え？」

「わがまま聞いてくれるっていうなら、全部断ってよ」

ギルバートはセシリアの手を引いて自分の口元に持っていく。わずかに当たる唇《くちびる》の感触《かんしょく》に、思わず頬《ほお》が熱くなった。

「独り占《じ》めさせてくれるんでしょ？」

甘えるような声が耳をくすぐる。手を引こうにも、彼は一向に離《はな》してくれる気配がない。

（さ、さすが乙女《おとめ》ゲームの攻略《こうりゃく》対象！　この色香《いろか》、半端《はんぱ》ない!!）

火《ほ》照《て》った頬をあいている方の手で扇《あお》ぐ。姉に甘えるだけでこの色香なら、恋心《こいごころ》を向けられたヒロインはさぞ大変だったに違《ちが》いない。

（なんか、最近のギルは甘えん坊《ぼう》だなぁ）

少し前ならば『面倒を見てあげる』と言ったところで、鼻で笑われて終わりだっただろう。素《す》直《なお》に甘えてもらえるのは大変嬉しいのだが、こういう事をされると、どうにもどぎまぎしてしまう。

顔を扇ぐセシリアを見ながら、ギルバートは呟く。

「……なんか、二週間もあればなんとかなるような気がしてきた」

「なにが？」

「なんだろうね」

余《よ》裕《ゆう》の笑みでそう言われ、セシリアは首をかしげる。

彼がなにを考えているか、それは昔からよくわからない。

「あぁ、でも！　リーンの予定は断れないからね？」

「リーン？」

思い出したかのような声に、ギルバートは目を瞬《しばたた》かせた。

「うん！　リーンね、二、三日うちの屋敷《やしき》に泊《と》まることになってるの！　お泊まり会するんだ！　楽しみだなぁ」

ほくほくとした笑みを浮かべるセシリアに、ギルバートは目を半眼にさせた。

「ねぇ、リーンに正体がバレたっていうのは聞いたけどさ。ちょっと最近、仲良すぎない？」

「え!?」

声が不自然に跳《は》ねあがる。

「そ、そーかなー……」

「そうだよ。なにか、隠《かく》し事してない？」

「カクシゴトナンテシテナイヨ」

「なに隠してるの？」

先ほどまでの穏《おだ》やかな雰囲気《ふんいき》はなくなり、剣呑《けんのん》な空気がギルバートから立ち上る。

起き上がった彼に詰《つ》め寄られ、セシリアは視線をそらした。

「協力してって言う割に、姉さんは肝心《かんじん》なところ俺に黙《だま》ってるよね？　それじゃ、助けてあげたくても助けてあげられないんだけど」

「えっと、でも……」

「『前世』って言うから、いろいろ気を遣《つか》ってそっちから情報出してくれるの待ってたけど。そろそろ俺も限界。あんまり隠し事するようなら、こっちにだって考えがあるからね」

そむけた顔に視線が突《つ》き刺《さ》さる。逃《に》げたくても左右に腕《うで》があって逃げられない。これは完全に閉じ込められている。窺《うかが》うように視線を上げれば、明らかに怒っている表情のギルバートと目が合った。

……怖《こわ》い。

その時、部屋の扉《とびら》がノックされた。突然《とつぜん》現れた助け舟《ぶね》にセシリアは「は、はーい！」と声を上げる。入ってきたのは、侍女のレナだった。

「セシリア様、ごゆう――っ！」

レナは二人の状況《じょうきょう》を見るや否《いな》や固まってしまう。そして、頬をにわかに染め上げた後、両手で顔を隠し「し、失礼しました！」とその場を後にしようとした。

せっかく来た助け舟が回れ右をして、セシリアは焦《あせ》る。

「ちょ、ちょっと待って！」

「へ？」

「私に何か用なんでしょ？　なに？」

「こ、この状況で話せと？」

頬を染め上げたまま、レナは視線を泳がせた。

「だ、だめなの？」

「だめではありませんが、その、あの、……お邪魔《じゃま》では？」

レナは頬を染めながら、ちらちらと二人に視線をやる。

助けを逃がしたくないセシリアはぶんぶんと首を横に振《ふ》った。

「全然！　邪魔なんかじゃないよ！」

「あ、いえ、でも。ギルバート様が……」

「大丈夫《だいじょうぶ》だよ！　ね、ギル？」

「…………うん」

妙《みょう》に長い間をおいて、ギルバートは頷いた。セシリアは満面の笑みでこぶしを作る。

「ほら！　ギルもこう言ってるし！」

「それはどうなのですか、セシリア様」

「え、私？」

急に責めるようなまなざしになったレナに、セシリアは目を瞬かせた。

ギルバートは何かを諦《あきら》めるようにため息をつくと、セシリアから身体《からだ》を離し、立ち上がる。

そして「何かあったの？」とレナの話を促《うなが》した。

ギルバートの許可を貰《もら》った彼女は、おずおずと用件を話し出す。

「あの、セシリア様のご友人を名乗られる方がお訪ねに」

「え、誰《だれ》？」

「ラザロア男爵《だんしゃく》家の御令嬢《ごれいじょう》で、リーン様と名乗っておられますが……」

セシリアはその言葉に大きく目を見開いた。


「きちゃった」

「『きちゃった』って……」

たじろぐような声を出しながら、セシリアは持っていた扇《おうぎ》で深く顔を隠した。

それもそのはずだ。玄関《げんかん》ホールに立っていたのはリーンだけではなかった。彼女の後ろには、ジェイドとダンテ、そして、ヒューイがいる。あとはオスカーがいれば、いつものメンバー勢《せい》揃《ぞろ》いである。

ジェイドたちは公爵家の玄関ホールを見渡《みわた》しながら感嘆《かんたん》の声を上げていた。通常ならば大広間を照らすようなシャンデリアが玄関にあるのだから当然だ。

「……リーンさん、少しこちらへ」

セシリアは手招きし、リーンをホールの端《はし》に誘《さそ》った。そこで声を潜《ひそ》める。

「なんで、皆《みな》で来るかなぁ!?　しかも、予定よりも早いし！　来るのは三日後って約束だったよね!?」

「えへへ。私ってせっかち屋さんだからー」

「だとしても！」

「『覚えてなさいよ』って言ってたでしょう？」

リーンは笑う。つまりこれは、チャイナドレスの一件の意趣返《いしゅがえ》しということだろうか。だとしたら、とんでもない角度の返しだ。鋭角《えいかく》過ぎてついていけない。

セシリアは頭を抱《かか》える。

「皆にはどう説明してつれてきたの？」

まずはそこを理解しないと始まらない。この中でセシリア＝セシルだと知っているのは、ギルバートとリーンだけだ。ダンテは気づいているかもしれないが、確かめてはいないので知らないと思って対応した方が無難だろう。

「まさか、私がセシルだってバラしちゃったの!?」

「さすがにそこまでのことはしないわよ。セシリアのことは『古くからの友達』だって言ってあるわよ。それで、皆と話している時に『遊びに行く』って言ったら、『ついていきたい！』って言うから連れてきちゃった！　皆、公爵家の屋敷に興味津々《きょうみしんしん》みたいでねー」

不可抗力《ふかこうりょく》のように言っているが、『皆の前』で『遊びに行く』と言う時点で確信犯だろう。

セシリアは痛む頭を押さえる。ゆっくりしようと思った矢先にこれだ。ギルバートも先ほどから明らかに不機嫌《ふきげん》オーラを出しているし、やっていられない。

「もぉ……」

「大丈夫、大丈夫。夕方には帰るから！　ちょっと驚《おどろ》かせたくて寄っただけだし！　私も一度屋敷に帰って、三日後に改めて来るわね！」

「それならいいけどさ……」

ギルバートとセシリアが屋敷に帰ってきたその日に来るということは、彼らも学院の寮《りょう》からそのままこの屋敷まで来たということだろう。それぞれの屋敷まで帰ってから来ていたら、こんなに早くたどり着けるはずがない。確かに顔を出すだけならその方が手っ取り早いが、この行動力はどうにもいただけない。

「あらあら、まぁまぁ！　今日はお客様がたくさんなのね」

その時、二階へ続く階段からおっとりとした声が聞こえてきた。振り返れば、セシリアと同じハニーブロンドの髪《かみ》の毛を靡《なび》かせた女性が、ゆっくりと階段を下りてくるところだった。

「セシリアのお客様？　それともギルの？」

そこにいたのは、セシリアとギルバートの母親である、ルシンダ・シルビィだった。

いかにも上流貴族の女性といった感じの彼女は、嬉《うれ》しそうに頬《ほお》を引き上げながら、一同の前に立った。

「ようこそ、シルビィ家に。どのような用事で来られたかわかりませんが、ゆっくりしていってくださいね」

その言葉にリーンは代表で腰《こし》を折る。

「お邪魔しております。ラザロア家長女、リーン・ラザロアでございます」

普段《ふだん》の彼女からは考えられないぐらい、綺麗《きれい》な淑女《しゅくじょ》の礼をとる。ルシンダはその自己紹介《しょうかい》を聞いて、瞳《ひとみ》を輝《かがや》かせた。

「まぁ！　貴女《あなた》がリーンさん？　セシリアのお友達の？」

「あ、はい！」

「それでは、後ろの方々も？」

少女のように頬を染めながら、ルシンダはリーンの背後を覗《のぞ》き見る。

「いえ、この方たちは……」

「大勢で押しかけてしまいすみません。ジェイド・ベンジャミンです。セシリアさんとは面識はありませんが、ギルとは学院で仲良くさせてもらっています。今日はシルビィ家のお屋敷《やしき》が見られるって聞いて、ついてきちゃいました！」

さすが商人の息子《むすこ》と言うべきか。人の好《よ》い笑顔《えがお》で彼はリーンの言葉を引き継《つ》ぐ。

「では、ギルのお友達なのね？　ということは、皆さんもお泊《と》まりになるの？　リーンさんはお泊まりになるのよね？」

子どもたちの友人が来たのがよほど嬉しいのか、彼女は満面の笑みでそう聞いてきた。

愛想《あいそ》のいいルシンダに、リーンもまた笑顔になる。

「あ、はい。でも、また改めて来させていただこうかと。今日は屋敷に帰る前に寄っただけですし」

「ボクたちはリーンについてきただけなので」

泊まる予定はありませんと暗に言えば、ルシンダはリーンの手のひらをぎゅっと握《にぎ》りしめた。

「そんなこと言わずに、今すぐ泊まってらっしゃって！　着《き》替《が》えも食事も全部こちらが用意しますわ。ジェイドさんたちも」

「お母様!?」

リーンだけでなくジェイドたちまで誘おうとする母親に、セシリアはひっくり返った声を上げる。

「そうだ！　この奥の湖畔《こはん》にコテージがあるの。良かったらそこを使って。部屋数も十分あると思うし、使用人もつけるわ。もちろん護衛の兵士もね」

「ちょ、ちょっと、待って下さい！」

母親の暴走に、ギルバートもたまらず声を上げる。

「いきなりそんな話になったら、彼らのご両親も吃驚《びっくり》されると……」

「大丈夫よ。それぞれの家の方には私が連絡《れんらく》しておくわ。何かあればその時教えてくれるでしょう」

それを人は権力と呼ぶ。

公爵夫人からそんな連絡があれば、もうそれはただの事後報告だろう。異など唱えられるはずもない。

「若い男性とセシリア嬢《じょう》が一緒《いっしょ》にいることは、気にならないのですか？」

さすがにどうかと思ったのか、ダンテが片手をあげながらそう援護《えんご》射撃《しゃげき》をしてくれる。しかし、ルシンダには効果はないようだった。

「あら、ギルがいるんですもの。そういうことは全く心配してないわ。この子なら何が何でもそういうのからセシリアを守ってくれるでしょうし。ね、ギル？」

「……いや、まぁ。それはそうですが……」

気持ちを知っているからだろうか。全幅《ぜんぷく》の信頼《しんらい》を向けるルシンダの瞳に、ギルバートはこめかみを押さえた。

一番煩《うるさ》そうな息子を押さえ、勝利を確信したルシンダは手を叩《たた》く。

「それじゃ、決まりね！　これを機にギルだけでなく、セシリアとも仲良くなってくださいな！」

おっとりとしていながらも、その実、彼女は我を通すことには長《た》けていた。

リーンは頬をひきつらせているセシリアを小突《こづ》く。

「セシリアのお母さん、なんかすごいわね」

「うん。お母様は異様に過保護な人だから……」

「過保護って」

「私に友人ができないことを心配してくれているみたいでね」

　セシリアはわがままばかり言っていた幼き日々を思い出す。

　彼女の両親は決して悪い人間ではないのだが、子どもにめっぽう甘かった。なんでも買い与《あた》え、どんな些細《ささい》な願いでも叶《かな》えようとする父親に対して、母親であるルシンダは娘《むすめ》をとても丁《てい》重《ちょう》に扱《あつか》う人だった。一つでも咳《せき》をすれば医者を呼びつけ、擦《す》り傷でも作ろうものなら顔を青くさせて卒倒《そっとう》していた。

　最近は、かなりマシになってきたものの、今でもこうやってたまに過保護が出てきたりする。特に、セシリアの友人関係に関しては、彼女は人一倍敏感《びんかん》になっていた。

「それじゃ、早速《さっそく》準備しなくっちゃ。皆様《みなさま》は準備ができるまでサロンでくつろいでらっしゃってね！」

「私は良いけど、止めなくて良いの？」

　使用人を呼びつけるルシンダを指しながら、リーンは言う。セシリアは首を横に振《ふ》った。

「ああなったお母様はもう止められないわよ」

　本能で察しているのか、それ以上声を上げるものはいなかった。みんな諦《あきら》めたように彼女の背中を見守っている。

セシリアは扇子《せんす》で顔を隠《かく》したまま冷や汗《あせ》を頬に滑《すべ》らせた。

（さて、どうこの死地を乗り切るべきか……）

顔をまともに見られたが最後、セシリア＝セシルになってしまう可能性は十分にある。髪型《かみがた》も違《ちが》うし化粧《けしょう》もしているので多少はごまかせるかもしれないが、それでも長くは一緒にいない方が賢明《けんめい》だろう。つまり、お泊まりだなんてもっての外である。

（だけど、お母様を止める手立てなんて思いつかないし……）

「……今日はなんだか客が多いんだな」

その時、聞き慣れた声が扉《とびら》の方からして、一同は振り返った。そこには護衛の騎士《きし》を引き連れた王太子・オスカーがいる。

（オスカー!?）

セシリアは咄嗟《とっさ》に身を縮め、人陰《ひとかげ》に隠れる。頬がひきつり、身体《からだ》が強張《こわば》った。今この場に一番来てはいけない人が来てしまった。

思わぬ人物の登場に、最初に声を上げたのはやはりルシンダだった。

「あら、殿下《でんか》！」

「すみません。いろいろ手間取ってしまって、予定より遅《おそ》くなりま……は？　お前たち!?」

ようやくそこでリーンたちの存在に気がついたのか、オスカーは目を丸くした。

「やっほー、オスカー！　奇遇《きぐう》だね！」

オスカーの首に腕《うで》を回しながら、ダンテは笑みを浮《う》かべる。

「なんでお前たちがここに？」

「それはこっちの台詞《せりふ》です。殿下……」

眉間《みけん》を押さえながら、ギルバートが渋《しぶ》い顔をする。その質問に答えたのはオスカーではなく、ルシンダだった。

「あら。数日前に殿下から『王宮に帰る前にこちらに寄りたい』ってお手紙をいただいたから『是非《ぜひ》来て下さい』って返しておいたのよ」

いつもならギルバートが握りつぶしているやつである。

「ちょうど二人とも帰ってくる予定だったしね。セシリアを久しぶりに殿下に会わせたいでしょう？」

「お母様……」

自分の母親ながら、つくづく余計なことをしてくれるものである。

今ここでオスカーに会うわけにはいかないと、セシリアはその場をゆっくりと後にしようとする。

おそらくこの世界で、一番セシルの正体を知られてはいけないのが、オスカーである。ゲームの中で、彼は幾度《いくど》となくセシリアを牢獄《ろうごく》送りにし、処刑《しょけい》してきた。ルートによってはその場で切られるような話もあったはずである。この世界のオスカーはセシリアに対して嫌悪《けんお》感《かん》はあまり持っていないようだが『男装をし、騙《だま》していた』という事実がどう悪い方向に動くかわからない。

（しかも私、オスカーにちゃんと謝れていないし……）

チャイナドレスで押し倒《たお》して以来、セシリアはオスカーにちゃんと謝れていなかった。クラスに行っても不在のことが多く、いたとしても誰《だれ》かと話していて声がかけづらい。しかも、彼は多忙《たぼう》で、学院も休みがちなのだ。これでは謝るチャンスもない。

つまり、現在のセシルとオスカーの関係はあまり良好とは言えないのである。

（そーっと……）

セシリアは踵《きびす》を返し、忍《しの》び足で歩を進める。とりあえず、空いた部屋にでも飛び込んで身を隠したい。

しかし、その逃《に》げる背中に、彼の声は容赦《ようしゃ》なく突《つ》き刺《さ》さった。

「君は、……セシリアか？」

身体が跳《は》ねる。錆《さ》びたブリキのような緩慢《かんまん》な動きでゆっくり振り返ると、大きく目を見開いた状態のオスカーと目が合った。これはもう逃げられない。

セシリアはさらに扇《おうぎ》で顔を隠した。緊張《きんちょう》で声がうわずる。

「お、お久しぶりでございます。殿下」

「本当に、……久しぶりだな」

ほっとしたような優《やさ》しい声がして、セシリアは扇の端《はし》からちらりと彼を見る。

オスカーは本当に嬉《うれ》しそうに頬《ほお》を緩《ゆる》ませていた。目を細めて、優しい笑顔《えがお》をセシリアに向けている。顔を隠している不敬にも、全く触《ふ》れてこない。

（なんで……）

あんなに嬉しそうなのだろうか。

セシリアがその疑問にいたる前に、またもやとんでもない言葉が耳を突き刺した。

「そうだ！　殿下もぜひお泊《と》まりになってはいかがですか？」

「は？」

「へ？」

「今から皆《みな》さん、うちの所有するコテージに泊まる予定なのです。見る限り皆さんとは面識があるようですし。是非、いかがですか？」

「いや」

突然《とつぜん》の話にオスカーもたじろぐ。セシリアも母親の袖《そで》を持ちながら、必死に首を振っていた。

それはまずい。さすがにまずい。

しかし、娘のためならば娘の意見でさえも聞かないのが、ルシンダ・シルビィである。

「殿下、遠慮《えんりょ》はいりませんわ。陛下には私からお手紙を書いておきます」

シルビィ家夫妻と国王夫妻は竹馬の友である。そして、国王陛下は友人の頼《たの》みを無下に断るようなことはできない男である。

「では、警備をもう少し増やしておきますわね」

もはや決定事《じ》項《こう》のように話す彼女を、止められる者はこの場にいなかった。

「それでは皆様、セシリアをどうぞよろしくお願いしますわ」

リーンの何倍も綺《き》麗《れい》な淑《しゅく》女《じょ》の礼で、ルシンダはその場を締《し》めくくった。


（これはまずいことになった……）

その日の昼すぎには、もう一同はコテージに到着《とうちゃく》していた。自然豊かな湖《こ》畔《はん》の隣《となり》に建つそれは、『コテージ』というより、『屋《や》敷《しき》』に近い大きさを有している。使用人や警備の人たちの分を考えても部屋数は十分すぎるほどにあるし、なんなら隣に別の棟《むね》もあるので、広さには全く困らなかった。

いきなりのことに最初は困惑《こんわく》した様子の一同だったが、肝《きも》が据《す》わっているのかなんなのか、もう思い思いにコテージで過ごし始めている。というより、遊び始めている。水場ではしゃぐ彼らは、皆笑顔だった。

（楽しそうだな……）

病弱設定のセシリアは近くの木《こ》陰《かげ》に腰《こし》かけたままため息をつく。そのため息の理由は、楽しく遊ぶ彼らを羨《うらや》んでのことではなく、彼女の隣にあった。

「大丈夫《だいじょうぶ》か？」

心配そうに声をかけてきたのは、オスカーだった。彼は皆の輪に加わることなく、セシリアの隣に座っている。彼は彼女が一人でいるのを気にして、側《そば》にいてくれているようだった。

嫌《いや》な汗《あせ》を滑《すべ》らせている顔を扇で隠《かく》したまま、セシリアはオスカーに微笑《ほほえ》みかける。

「私は大丈夫ですわ。ですから殿下、どうか遠慮なさらず、皆様《みなさま》の輪に加わってきては？」

「いや、俺はいい。君と話したいこともあるしな」

サラリとかわされた上に『話したいことがある』とまで言われたら、追いやることもできない。できれば近くにいたくないし、話しかけたくもないのだが、この状況《じょうきょう》では仕方がないだろう。

セシリアはオスカーからわずかに距離《きょり》を取る。数センチ離《はな》れたってそんなに意味はないかもしれないが、心の安寧《あんねい》には必要な距離だ。

（なんで、こんなに積極的かなぁ……）

前にオスカーは『セシリアのことは嫌《きら》いではない』『（リーンとの将来のために）関係を再構築したい』などと言っていた。だから、きっとこの行動も『関係の再構築』に向けての一歩なのだろう。

（でも、リーンにはヒューイがいるのに『再構築』って……）

ゲームの中の彼がそうであったように、この世界のオスカーもリーンが誰と一緒《いっしょ》になっても、変わらず彼女のことが好きなのだろう。それはわかる。しかし、もう気持ちが定まっている彼女のために、望んでもいない婚約《こんやく》者との関係をなぜ『再構築』するのか。それはわからなかった。

もしかしてオスカーはまだ、リーンが振《ふ》り向いてくれるのを期待しているのだろうか。

(だとしたら、ちょっとかわいそうだけど……)

ちらりと、オスカーを見る。その瞬間《しゅんかん》、ばっちりと目が合った。もしかして、ずっと眺《なが》められていたのだろうか。

セシリアは慌《あわ》てて顔をそむけた。

(とりあえず、この状況を何とかしないと!)

助けを求めるような視線を、一番近くにいたリーンに送る。

しかし、彼女は――

「ヒューイ様。ほら見てくださいませ!　あんなに大きな魚が!」

「……本当だな」

「一緒に泳いだら、気持ちよさそうですわよね!　なんでしたら一緒に泳ぎますか?」

「やめとけよ。そもそも、その服でどうやって泳ぐんだ?」

「あ、あの。私、ヒューイ様の前だったら脱《ぬ》いでも……」

「だーかーら!!　そういう冗談《じょうだん》はやめろって言ってるだろうが!!」

「うふふ」

恋人《こいびと》との時間を満喫《まんきつ》していた。というか、ツンデレ属性の彼をからかって遊んでいた。

しかし、最後には恋人らしく、

「もし私が溺《おぼ》れたら、その時は助けてくださいますか？」

「それは……当たり前だろ？」

なんて会話しているので、羨ましい限りである。

（このリア充《じゅう》がっ!!）

誰のせいでこんな事態になっていると思っているのだろうか。

「姉さん、体調大丈夫？」

親友に恨《うら》みがましい視線を送っていると、待ちわびた声がした。声のした方を向くと、そこには肩《かた》で息をするギルバートがいる。先ほどまで彼は使用人たちに指示を出していた。両親がいないので、このコテージにいる間は彼がここの最高責任者である。

「ギル！」

まさに天の助けだと言わんばかりの登場に声が跳ねる。しかし――

「ギル！　いいところに帰ってきた！」

その声と共に、ギルバートの肩に腕《うで》が乗った。腕を乗せたのはダンテである。その後ろにはジェイドもいた。

「このコテージ釣《つ》り道具ない？　あと網《あみ》も！」

「……ありますけど……」

本当に嫌そうな声でギルバートは答える。

「それなら、貸してくれよ！　ジェイドと魚を釣ろうって話になってさ」

「暇《ひま》なら、ギルも一緒にやろう！　さっき、このぐらいの魚がいたんだよ」

そう言って手を広げるのはジェイドだ。

この二人、いつの間に仲良くなったのだろうか。

ダンテはギルバートの首に腕を回す。

「ってことで、セシリアさん。弟借りるな！」

「ちょ！」

「なっ！」

「とりあえず、釣り道具がどこにあるかだけでも案内してよ」

「餌《えさ》、なににするかなぁ」

（ギル――!!）

半ば強制的にギルバートは連れていかれる。ダンテが踵《きびす》を返す瞬間、オスカーに目くばせをしたのが気になったが、頼《たよ》りにしていた義弟《おとうと》が連れていかれるという事態に、セシリアの頭はそこまで回らなかった。

「あいつが他《ほか》の奴《やつ》と絡《から》もうとするなんて珍《めずら》しいな」

オスカー自身もダンテの目くばせの意味は分からなかったらしく、そんな感想を漏《も》らしていた。

とうとう二人っきりになり、セシリアは覚悟《かくご》を決める。

これはどうやら自分自身の力で乗り越《こ》えなくてはならないものらしい。

(でも、なにを話せばいいの!? とりあえず、チャイナドレスのことを謝る……いやいや！それはセシルの時にしないと意味ないし！)

なにを言っても墓穴《ぼけつ》を掘《ほ》りそうである。

「セシリア」

その時、いつもより少し硬《かた》い声で名前を呼ばれた。セシリアはオスカーの顔を見る。

彼は真剣《しんけん》な顔で彼女のことを見つめていた。

「君に会ったら、どう話そうか迷っていた。しかし、どうもまどろっこしいのは性《しょう》に合わないみたいでな。率直《そっちょく》に聞く」

「はぁ」

「君はもしかして、俺と婚約したことを後悔《こうかい》しているのか？」

「へ？」

思わぬ質問に変な声が出る。オスカーはさらに続けた。

「君は俺のことを嫌《きら》っているのではないか？　だから、十二年もの間、俺のことを避《さ》けていた。……そう考えてしまうのは、ただの被害妄想《ひがいもうそう》だろうか？」

「えっと……」

あまりにも真剣なトーンで聞かれるので戸惑《とまど》ってしまう。そもそも、セシリアはオスカーのことを避けているつもりは全くなかった。直接顔を合わせるのはまずいと思って会うのは断っていたが、それも幼い時の話だし、ここ十年近くは会いたいという連絡《れんらく》も貰《もら》ってはいない。手紙や他の手段で連絡を貰ったことも、一度だってない。

セシリアは見つめてくるオスカーから視線を逸《そ》らす。

よくわからないが、彼は自分がセシリアに嫌われていると思っているらしい。

（どう答えればいいのかな……）

オスカーのことはもちろん嫌ってはいない。けれど、関係を断《た》つなら『嫌っている』という方が賢明《けんめい》だろう。

（でも、もし『嫌っている』なんて言ったら、逆恨《さかうら》みとかされない？）

今のオスカーはセシリアのことを嫌っていない。なのに、彼女がオスカーのことを『嫌っている』なんて言ってしまったら、それこそ嫌われる可能性が生まれてくるというものだ。

そうなれば、破滅《はめつ》の運命に一歩近づいてしまう。

「君が俺のことを嫌いで、婚約関係を続けたくないというのなら――」

「大丈夫《だいじょうぶ》ですわ」

セシリアは被《かぶ》せるように声を上げた。

「私が殿下《でんか》のことを嫌いになるなんて、そんなことあるわけがありません！」

笑顔《えがお》でそういえば、オスカーの頬《ほお》は赤らんだ。そして、優《やさ》しく表情を崩《くず》すと「そうか」と嬉《うれ》しそうに一つ頷《うなず》く。

「もし君が、本当に俺のことを嫌いだというのなら、こちらから婚約を破棄《はき》する予定だったが。そう言ってくれるのならありがたい」

「え？」

思わぬ言葉に思考が一瞬《いっしゅん》止まる。

（婚約を、破棄？）

言葉の意味を呑《の》み込んだ瞬間、ぶわっと冷や汗《あせ》が溢《あふ》れた。

（もしかして、千載一遇《せんざいいちぐう》のチャンスを逃《のが》した!?）

華麗《かれい》にオウンゴールを決めた瞬間である。脳内セシリアは頭を抱《かか》えた。

（どうして、こうなるかなぁあぁぁ!!）

ここでオスカーが婚約を破棄してくれれば、また一つ破滅の運命から逃れられたのに、どうしてこう空回りばかりするのだろうか。

その時、置いていた右手に彼の左手が触《ふ》れた。

「セシリア」

「……はい？」

真剣な顔で囁《ささや》かれているが、それどころではない。顔面は繕《つくろ》えているが、話は半分も聞けてはいない。

「君が許してくれるのなら、今度……」

「殿下。失礼します」

その時、オスカーの連れてきた護衛の騎士《きし》が、彼の後ろに立つ。

オスカーはセシリアの手を放すと、嘆息《たんそく》したのち、振《ふ》り返った。

「……どうかしたか？」

「不審《ふしん》者を捕《つか》まえました」

「不審者？」

「はい」

騎士は身体《からだ》を横にずらす。その奥には、一人の男がロープでぐるぐる巻きになった状態で目を回していた。その男の顔を見て、オスカーは思わずのけぞった。セシリアも驚《おどろ》きで目を見開く。

「モードレッド先生!?」

セシリアはそう声を上げた。


「すみません。まさかこんなところで迷ってしまうとは……」

皆《みな》と同じ夕食を囲みながら、モードレッドはそう言って頭を下げた。

保健医としてだけでなく研究者としての顔も持つ彼は、『障《さわ》り』に侵《おか》されたらしい野犬を見つけて、ここまで追ってきてしまったらしい。そして迷い、オスカーの騎士に捕まった。

（そういえばモードレッド先生って、極度の方向音痴《おんち》って設定だったものね……）

扇《おうぎ》で顔を隠《かく》し、食事には手を付けないまま、セシリアは前世の記憶《きおく》を巡《めぐ》らせる。

学院の敷地《しきち》内と自分が普段《ふだん》行き来している場所以外、彼は案内無くしては歩けないほどの方向音痴という設定だった。そんなモードレッドとリーンが出会うのも、実は彼の方向音痴がきっかけだったりする。

入学前、買い物をしていたリーンは、街中でおろおろしている男性を見つける。聞けば、彼は行きたい店に行けなくて困っているのだという。リーンは親切心から彼を目的の場所まで案内し、帰りには案内してくれたお礼にと、ちょっとしたデートのようなものをして家路につくのだ。そして、学院にて再会。二人は教師と生徒という立場ながら、そこからだんだんと想《おも》いを深めていくのだ。

（と言っても、途中《とちゅう》までしか知らないんだけどね。三番目の神子《みこ》候補の手掛《てが》かりがあるって知ってたら、誰《だれ》よりも優先して攻略《こうりゃく》したのになぁ……）

セシリアは小さく息を吐《つ》く。今更後悔《いまさらこうかい》しても、人生単位で遅《おそ》い。

彼女が息を吐いている間にもモードレッドは熱く『障り』のことについて語っていた。彼が研究者だと知らなかった面々は、その話を注意深く聞いているようだった。

「『障り』は、まだわからないことばかりなんですよ。どこから来たのか。なにが目的なのか。そもそも生き物なのか。呪《のろ》いの類《たぐい》なのか。研究をしていた私だって『障り』を見たのは講堂での一件が初めてなんです。だから、どうしても生態を調べておきたくて……」

「だとしても、一人で追うのは危険ですよ」

ジェイドが眉《まゆ》を寄せながらそう言う。それもそうだ。モードレッドの宝具は戦うことに長《た》けているわけではない。彼の治癒《ちゆ》の力は『障り』の力を弱めるので、全く役に立たないというわけではないのだが、『障り』に侵された野犬の群れを相手に通用するような力ではない。

「それで、野犬はどうなったのですか？」

「残念ながら、見失いました」

「つまり、この近くに潜《ひそ》んでいる可能性もあるというわけですね」

声のトーンを落としたのはギルバートだ。彼は何やら使用人に目くばせをしている。警備の数でも増やすのだろう。

　モードレッドは申し訳なげに視線を下げた。

「本当にすみません。教師でありながら生徒である君たちに迷惑《めいわく》ばかりかけてしまって。明日の朝には出ていきますので……」

「出ていってどうするんですか？」

　その質問はヒューイが飛ばした。興味がなさそうな顔をしているが、一応はモードレッドのことを心配しているらしい。

「数日はこの辺りを捜《さが》そうかと。つきましては、シルビィ家領主にここら辺一帯を調べることを許可いただきたいのですが……」

「一人で捜すんですか？　宿は？」

　渋《しぶ》い顔をしたのはオスカーだ。

「野営の経験はあります」

「だとしても、それはちょっと危険すぎるんじゃないかなぁ」

　オスカーに続き、ダンテも声を上げる。

「平気です。いざとなれば逃《に》げきりますから」

「ボクもついていこうか？　先生方向音痴っぽいしさ。最低、迷うことは避けられると思うよ。それに、野犬が群れで来てもボクの宝具でなら隠れられると思うし！」

たまらないといった感じで、ジェイドも手を上げた。モードレッドは首を横に振る。

「それはさすがに申し訳ないので、遠慮《えんりょ》しておきます」

「けど……」

（これは、仕方がないかな……）

セシリアは長い息をつく。そして、モードレッドを見据《みす》えた。

「先生。もしよろしかったら、この屋敷《やしき》を拠点《きょてん》としてお使いになりますか？」

「……それは……」

「森の深くまで入られるようでしたら、うちの兵も貸します。先生の力で弱体化していただければ、うちの兵士でも対処できるでしょう」

その場合、野犬も一緒《いっしょ》に殺してしまうことになるが、しょうがない。彼の命の方が大切だ。

「それは、願ってもない申し出ですが……」

思わぬ言葉に、モードレッドは困惑《こんわく》しているようだった。セシリアはさらに笑みを強くする。

「『障り』の研究は、この国のために必要な研究です。国益につながると言ってもいいでしょう。それならばぜひ、我がシルビィ家にもお手伝いさせてくださいませ」

「……ありがとうございます」

モードレッドは深々と頭を下げる。

やはりこういうときは家の名前を出しておく方がスムーズだ。つまり、『お前の研究にうちの家も一枚かませとけ』『研究が大成した暁《あかつき》には、うちの家の名前もちゃんと出すんだぞ』ということである。

セシリアとしては家の名前を出しても出さなくても構わないのだが、『こっちにもこういう利益があるんだぞ』ということをはっきりと示しておく方が、相手もいろいろと疑わないで済むというものだ。

「いいの？」

小声で聞いてきたのはギルバートだ。セシリアも彼にしか聞こえない小声で応じる。

「困っている人を放《ほう》っておけるわけないでしょ？」

「この、お人よし」

「いいの！　こうなったら一人増えようが、二人増えようがあまり変わらないしね！」

セシリアは隠れるように、さらに扇を上に引き上げる。

「それに、三番目の神子候補の情報を集めるためだと思えば、苦じゃないわ！」

「ま。姉さんがいいなら俺はそれで構わないけど」

最終的には肩《かた》をすくめ、彼は彼女がやりたいようにやらしてくれる。それが本当にありがたい。

そんなギルバートとセシリアの内緒《ないしょ》のやり取りを、オスカーは訝《いぶか》しげな眼《め》でじっと見つめていた。

夕食の後は、そのまま自由行動となった。リーンとセシリアの二人は、その間に隣《となり》の棟《むね》に移る。一応女性と男性で泊《と》まる建物は分けられていた。

棟を移り、セシリアとリーンは同じ部屋に入る。空き部屋はいくらでもあったが、せっかくだからと同じ部屋にしてもらったのだ。なんだかんだと、セシリアはリーンが泊まりに来るのを楽しみにしていた。

「とりあえず、一日目終了《しゅうりょう》ー!!」

「お疲《つか》れ様」

ベッドに突《つ》っ伏《ぷ》しながら、セシリアは脱力《だつりょく》した。いろいろな緊張《きんちょう》から解き放たれて、身体《からだ》はいつも以上に疲れ切っている。その後ろでリーンは自分の荷物を解《ほど》いていた。

荷物を解くことなど本来なら使用人がやることなのだが、リーンはそれを断っていた。理由は、トランクの半分を占《し》めるあのノートの束だろう。あれは彼女のネタ帳である。

まるで他人事《ひとごと》のように振《ふ》る舞《ま》うリーンに、セシリアは口をすぼめた。

「誰のせいだと思ってるのよ。もー!」

「あら。学院で男装なんかしてるセシリアの自業自得《じごうじとく》だと思うけれど」

「それはそうなのかもしれないけどさぁ……」

「でもま、そのおかげで私もいいネタ貰《もら》えてるわけだし。反省はしていないけれど感謝ぐらいはしているつもりよ？」

「私が欲しいのは、反省と自重です」

「それは無理な相談ね」

唇《くちびる》の端《はし》を持ち上げたまま、リーンは肩をすくめる。こういうところは前世《むかし》から変わっていない。彼女はいつも我が道を行く。その道の真ん中に親友が寝転《ねころ》がっていようが、関係ない。逃げないのならば轢《ひ》いていくだけである。

けれど、そういうはた迷惑なところが、どこか憎《にく》めなくて、一緒にいて楽しかった。それは今だってそうだ。

「あのさ、気づいてる？」

リーンは二、三日分の衣服をクローゼットに掛《か》け終えた後、そう聞いてきた。

「『気づいてる』って、何に？」

「これってさ、アニメの総集編の話じゃない？」

その言葉に、セシリアはベッドにうつ伏《ぶ》せになったまま、「総集編？」と首を捻《ひね》る。

『ヴルーヘル学院の神子姫3』はゲームだけにとどまらず、コミカライズ、小説、ドラマCD、アニメ、映画と、多くのメディアミックスをしてきた作品だ。確かアニメは二クール。二十四話＋総集編二話で構成されていたはずである。ルートはメインのオスカールートを軸《じく》に、誰《だれ》ともくっつかないアニメオリジナルの大団円エンドを迎《むか》えていたはずだ。

「うん。確か、八話と九話の間にあったやつだと思う。モードレッド先生の登場とか、結構そのままだったし！　まぁ、アニメの方の舞台《ぶたい》は『シルビィ家のコテージ』じゃなくて、『オスカー殿下《でんか》の用意したコテージ』だったし。騎士《きし》と主人公のわちゃわちゃが中心だから、敵役であるセシリアは出てこないし。いろいろと違《ちが》いはあるんだけどね」

「あー、なんとなく思い出してきた……」

　セシリアはこめかみを押さえる。この回は総集編らしく、今までの流れをみんなで思い出したり、語り合ったりするようなものだった。基本的に危険もなく、楽しい学院生活の延長というような話だったはずである。

「セシリアって、まだ前世の記憶《きおく》が不《ふ》鮮明《せんめい》なのね」

「不鮮明って言うよりは、穴が開いてるって感じなんだよね」

　セシリアの前世の記憶はまるでピースの欠けたジグソーパズルだ。一つ一つは鮮明に思い出せるが、どこかがまるっと欠けている。親兄弟の顔もなんとなくなら思い出せる。けれど、一華以外のクラスメイトの顔は不鮮明だ。名前と顔が一致《いっち》していただけの子などは、思い出そうとしてものっぺらぼう状態である。

　一番強い記憶であろう自身の死因だって、同じように火に囲まれてようやく思い出したぐらいだ。

「その反応ってことは、あのイベントのことも思い出してないってことよね？」

「へ、あのイベント？」

「そう。ここで、主人公とオスカーが――」

その時だった。会話を遮《さえぎ》るように扉《とびら》が叩《たた》かれる。セシリアが「どうぞ」と返事をすると、扉が開き、ギルバートが顔をのぞかせた。

「姉さん。ちょっといい？」

「どうしたの？　こんな夜更《よふ》けに」

「ちょっと、そこの人に用事があって」

そう言って、彼が指したのはリーンだった。

「単刀直入に聞きますね。貴女《あなた》も姉さんと同じように『前世の記憶』とやらを持っているんじゃないですか？」

彼女たちが泊まる部屋とはまた別の部屋で、ギルバートはリーンを見据えながらそう口にした。

部屋には二人しかおらず、人払《ひとばら》いをしているため、通路に使用人もいない。

その質問を聞いた瞬間《しゅんかん》、リーンは一瞬だけ目を見張る。そして、今まで見たことがないような不敵な笑《え》みを浮《う》かべた。おそらくこれが彼女の本性《ほんしょう》だろう。

「前々からおかしいと思っていたんですよ。最近姉さんとやけに仲が良いですし、内緒話《ないしょばなし》も多い。それに、前に姉さんを助けに行ったとき、貴女は『二度もあの子を死なせるわけにはいきませんから』と言っていたでしょう？　それではまるで一度目を知っているみたいだ」

何も答えないリーンに、ギルバートは淡々《たんたん》と続ける。

「それに貴女はハイマートのアジトを知っていた。おそらく貴女は前世とやらで『ダンテのルート』をクリアしていて、その時のことを覚えていた。姉さんが貴女のことを俺に言わなかったのは、大方貴女が口止めでもしていたんでしょう？」

そこまで言われ、リーンの目が据《す》わる。そしてため息を一つつくと、ベッドに座り、足を組んだ。

「……そうだとして、ギルバート様は私に何をさせたいのかしら？　そんなことを言うためだけに、わざわざ呼び出したわけではないでしょう？」

「そうですね」

「情報を聞きたいというのなら、答えてあげないこともないですけれど。その場合、きっちりと対価はいただきましてよ？」

　今までの彼女とはまるで別人のような話し方をする。ある程度は予想していたものの、これにはさすがのギルバートも面食《めんく》らった。

（どちらかと言えば、こっちの方が悪役だよな……）

　セシリアはいつも自らを『悪役令嬢《れいじょう》』なんて言っているが、雰囲気《ふんいき》だけでいうならリーンの方が明らかに『悪役』らしい。

　ギルバートは仕切りなおすように咳払《せきばら》いをした。

「俺が望むのはたった一つです」

「なにかしら？」

「リーン・ラザロア。姉さんの代わりに、神子《みこ》になってください」

「……」

「そうすれば貴女がラザロア家にしている借金。すべて、俺が肩代《かたが》わりします」

　その瞬間、リーンの目の色が変わる。

「それは、なにもかも知っているって顔ね」

　観念したようにリーンは肩をすくめた。しかしながらその口元はまだ緩《ゆる》く弧《こ》を描《えが》いており、余裕《よゆう》の表情を浮かべている。

　ギルバートはそんな彼女の表情に目を細め、口を開く。

「リーン・ラザロア、十七歳。シゴーニュ救済院出身。ラザロア家当主、コール・ラザロアと、元ラザロア家侍女《じじょ》、アンジー・ハレルソンを両親に持つ。母親は生死不明」

　ギルバートが口にしたのは、リーンのプロフィールだった。瞬間、彼女の顔から笑みが消える。

「十七歳の誕生日にラザロア家の落胤《らくいん》とわかり、子どものいなかった夫妻から引き取りを希望される。引き取られる際、自身の身を担保にラザロア家に借金。その額、金三千。その全額を救済院に寄付している」

「よくもまぁ、そんなに調べたわね」

　感心しているというよりは呆《あき》れたような表情で、リーンはベッドに手をついた。足を組み、胸をのけぞらせるその姿は、男爵《だんしゃく》令嬢がとる態度ではない。相手が公爵子息ならば猶更《なおさら》だ。

「貴女のことはそれなりに怪《あや》しいとは思っていましたから」

　シルビィ家の人脈やコネを使えば、調べられない情報などない。とはいえ、次期当主であるギルバートが扱《あつか》える人脈やコネはそう多くない。しかし、それでもこれぐらいの情報を集めるなんて、わけもなかった。

　リーンは観念したように口を開く。

「別に今の両親が憎かったわけじゃないのよ？　私を作った二人は、当時はちゃんと愛し合っていて、身分の違いに引き裂《さ》かれたってだけみたいだから。そのあとお父様と結婚《けっこん》した今のお母様にだって、少しも悪いところはない。現に私もそれなりに可愛《かわい》がられていると思うしね」

リーンはそこで初めてギルバートから視線をそらした。

「ただ、いきなり来た貴族のおじさんに『私が父親だ』『一緒《いっしょ》に暮らそう』なんて言われて、ホイホイと自分の育った家を捨てられるほど、私はヒロインになりきれなかったってだけ」

ギルバートはまだ彼女たちの言う『ヒロイン』について理解はしていない。ただ、彼女たちの言う『ヒロイン』がリーンのような人間でないことはわかっていた。そのせいできっと、彼女と『ヒロイン』の間で齟齬《そご》が生じてしまっているのだろう。

「最初は、『私を引き取るのなら、ここに寄付をしてください』とお願いしたのよ。『ここは私の育った家だから』ってね。それで、渋《しぶ》い顔をするから言ってやったのよ。『それなら私を相応の金額で買ってください。貴方《あなた》たちに金を返し終わるまで、私の身は貴方たちの自由にしていいですから』ってね」

「そのおかげで、貴女はしなくてもいい婚約《こんやく》をさせられそうになっている」

「そ。会ったこともない貴族の次男坊《じなんぼう》とね。ホント、面倒《めんどう》くさいったらありゃしないわ！」

「俺に協力してくれたら、そのしがらみから解いてあげます」

ギルバートの言葉にリーンは黙《だま》った。彼は仕上げと言わんばかりにたたみかける。

「俺が家督《かとく》を継《つ》いだら、ヒューイ・クランベルとも一緒にいられるように手配します。正式に恋仲《こいなか》というのは難しいでしょうが、神子としての仕事をきちんとこなしていれば愛妾《あいしょう》として彼を側《そば》に置くぐらいは皆《みな》目をつむってくれるでしょう。それにあなたが神子になれば、貴女を育てた救済院だってそれ相応の恩恵《おんけい》を受けられる。……どうですか？　悪くはない提案だと思うんですが」

　しばらくの沈黙《ちんもく》ののち、リーンは笑みを浮かべた。

　優《やさ》しい笑みというよりは、底の知れない女の微笑《びしょう》だ。彼女は形の良い唇《くちびる》を開く。

「嫌《いや》よ」

「え？」

「嫌だって言ったの。答えはＮＯよ。ギルバート・シルビィ」

　リーンはベッドから立ち上がった。そして、ギルバートに歩み寄る。

「あのぐらいの借金、貴方に手伝ってもらわなくても、なんとかなるに決まっているわ」

「ジェイドとの事業があるからですか？」

「それもあるわ。それにそれ以外の方法もある」

　ある種の含《ふく》みを持たせながら、彼女は笑みを強くする。

「私だって、あの子が大切。貴方は知らないでしょうけどね、私は前世であの子に何度も救われてるの。あの子のためなら、私、なんだって出来るわ」

「なら！」

「でも、私の人生は譲《ゆず》れない。私が幸せになって、あの子も幸せになるの。それ以外のハッピーエンドを、私は認めないわ」

彼女らしいわがまま放題の言葉を聞き、ギルバートの眉間《みけん》に皺《しわ》が寄る。

リーンは彼の胸を人差し指で指した。

「貴方には根性《こんじょう》が足りないのよ。ギルバート」

「……」

「貴方、義姉《あね》の幸せのためなら自分でさえも犠牲《ぎせい》になっていいと思っている質《たち》でしょう？　心のどこかで、セシリアが幸せになるのなら殿下《でんか》に彼女を譲ってもいいとさえ思っている。全力で抗《あらが》いながら、でも諦《あきら》める算段もどこかでしている」

ギルバートは奥歯を噛《か》みしめた。本当に痛いところを突《つ》いてくる。

何か言い訳をしたくて口を開くが、図星過ぎて何も発することができない。

「嫌《きら》いよ、ギルバート。貴方のそういう計算高いところが。諦めている人間が、私はこの世で一番嫌いなの」

リーンは扉《とびら》を背にするギルバートを押しのけた。そして、鍵《かぎ》を開け、ドアノブに手をかける。

「貴方も少しはセシリアを見習いなさい。貴方が思っているよりあの子の運命は悲惨《ひさん》で救いがないのよ。でも、あの子はそれに全力で抗っている。しかも、笑顔でね。強すぎるでしょう？」

最後は笑みだ。屈託《くったく》のない、可愛らしい笑みである。

リーンは扉を開け、部屋を出る。そして、敷居《しきい》を跨《また》いだ先で振《ふ》り返った。

「でも、私の親友をそこまで守ろうとしてくれている点だけ、評価してあげる。だから、一つだけ情報をあげるわ」

「情報？」

「そ。貴方どうせ、セシリアを傷つけるかもしれないからって、自分からは前世のことをあまり聞いてないんでしょう？」

「……」

心でも読めるのではないかというほどの的確さだ。ギルバートの唇がへの字に曲がる。

「だから、一つだけ教えてあげる」

「……何をですか？」

「この世界が、私たちが前世でやっていたゲームに酷似《こくじ》してるっていうのは知ってる情報よね？」

「それは……」

「実は、セシリアにもいたのよ」

「なにがですが？」

「推《お》しってやつ。私にとってのヒューイ君みたいな存在ね。……つまり、好きな人ってこと」

その瞬間《しゅんかん》、ギルバートの目が大きく見開いた。

「それは――」

「もちろん、貴方たちが知っている人よ？　でも、誰《だれ》なのかは秘密。教えてあげない」

唇に人差し指を当てる彼女は、どこか楽しそうだ。

最後は、ヒロイン『リーン・ラザロア』の声色《こわいろ》と表情で、彼女は一礼する。

「それでは、ごきげんよう。ギルバート様」

閉まった扉を見ながら、ギルバートは一人下唇《したくちびる》を噛みしめた。

第三章　キラー始動!?

その翌日。セシリアの姿は、コテージの裏にある林の中にあった。うっそうと生《お》い茂《しげ》る緑に囲まれ、彼女は足早に歩みを進める。行き先は決めていなかった。

（やっと撒《ま》けたみたいね……）

セシリアは背後を振《ふ》り返りながら息をつく。彼女がこんなところにいる理由。それは、どこに行こうともついてこようとするオスカーを撒くためだった。

（図書室で本を読もうとしてもついてくるし、木陰《こかげ》で休んでいても隣《となり》に座ってくるし、リーンやギルと話そうと思っても、ずっとそばにいるし!!）

セシリアが一歩でも場を動こうものなら、彼は『大丈夫《だいじょうぶ》か？』と言ってどこにでもついてこようとする。それはきっと病弱（設定）な彼女を慮《おもんぱか》っての行動なのだろうが、自分の顔を見られるわけにはいかないセシリアにとって、それは迷惑《めいわく》以外の何物でもなかった。

（セシルの時ならいいんだけどな……）

オスカーに悪気がないことがわかっていても、ため息をついてしまう。『お手洗いに行く』と言ってここまで逃《に》げてきたので、今頃《いまごろ》オスカーはコテージ付近を捜《さが》しているかもしれない。

それに対しては純粋《じゅんすい》に申し訳なく思っていた。

　セシリアは森の中を進む。もう背後にコテージは見えなくなっていた。

（そういえば。結局、昨日は二人で何の話をしてたんだろう……）

　思い出すのは部屋を出ていくリーンとギルバートの姿だ。あの後、部屋に帰ってきたリーンに何があったのかを聞いたのだが、結局彼女は『貴女《あなた》が気にすることじゃないわよ』と言って答えてくれなかった。

（ギルも、今朝はなんか機嫌《きげん》が悪かったしなぁ……）

　何かに怒《おこ》っているという感じではないが、表情はすぐれなかった。話しかけても、何か奥歯にものが挟《はさ》まったような顔で、はっきりとはしなかった。

（ギルがわざわざリーンを呼び出してする話って……）

　セシリアは首を捻《ひね》る。しばらく思考を巡《めぐ》らせ、そしてはっと顔を跳《は》ね上げた。

「も、もしかして！　リーンに告白して、振られたとか!?」

　セシリアは叫《さけ》びながら頭を抱《かか》える。

　盲点《もうてん》だ。完全に盲点だった。リーンとヒューイが恋人《こいびと》同士になったのは周知の事実で、ギルバートも別になんてことのない表情でいたので思い至らなかったが、彼は確かリーンのことが好きだったはずだ。なんせ、『ひとめぼれ』で『初恋』だ。

（ギル、表情に出ないからなぁ。あー、でも、そっかぁ。それならあの二人の反応も納得《なっとく》いくか……）

失恋《しつれん》したにしてはオスカーの反応も淡白《たんぱく》だったし、もしかしたらこの世界の男性にとって『失恋を顔に出す』というのは恥《は》ずかしいことなのかもしれない。

（でも、どうしよう。どうやって慰《なぐさ》めてあげればいいのかな。それともそっとしとくべき？）

どうにかして慰めてあげたいが、義姉に慰められたって気持ちは晴れないかもしれない。昔から『失恋には、新しい恋』というが、他《ほか》に女性を紹介《しょうかい》してあげられるアテもない。

「私って、本当に頼《たよ》ってばかりだなぁ……」

肝心《かんじん》な時に何もできない義姉で、本当に申し訳ない。セシリアはわずかに肩《かた》を落とした。

「それにしても、ギルも大人になっちゃったんだなぁ。出会ったばかりのころは、こーんなに小さかったのに」

セシリアは自分の膝《ひざ》辺りまで手を伸《の》ばす。そのころは自分だって同じような身長だったことは、頭の隅《すみ》に置いておく。

「なんか、ちょっと寂《さび》しいなぁ」

子どもの成長を見守る親というのは、常にこんな気持ちなのだろうか。だとしたらちょっと切ないものがある。

（あれ？）

その時、セシリアは足を止めた。そうして周りを見渡《みわた》して、眉《まゆ》を寄せる。

（やば。ちょっとコテージから離《はな》れすぎたかな）

もしかしたら警備の範囲《はんい》外《がい》かもしれない。セシリアは冷や汗《あせ》を頰《ほお》に滑《すべ》らせる。

コテージの警備は同心円状に何重にも置かれており、外から部外者が入ってくるのを未然に防いでいる。しかし、厳重なのは一番内側の警備だけだ。外側の警備には比《ひ》較的《かくてき》穴がある。といっても、何重もの警備なのですべての穴をつくのは無理な話だ。普《ふ》通《つう》ならばモードレッドのように見つかってしまうはずである。しかし……

（もしかしたら、今日は相当運がいいのかもしれないわね）

ここに来るまで警備の人間とは鉢合《はちあ》わせしなかった。一番内側にいた警備の人間には声をかけられたが「ちょっとそこの花を摘《つ》んできたくて」と笑《え》みを見せただけで通してもらえた。

まぁ、当たり前だ。彼らの仕事は外部の者を内側に入れないことであり、内側の人間を外に出さないことではない。それに雇《やと》われている家の人間に意見できる者も少ないだろう。

（ここら辺一帯、シルビィ家の土地だから変な人は入ってこないと思うけど、警備の外だったら、ちょっと危ないわね。戻《もど》らないと……）

セシリアがそう思って踵《きびす》を返したその時、「おい！」と鋭《するど》い声で呼び止められた。恐《おそ》る恐る振り向くと、頭と肩に葉を乗せた青年がいる。しかも二人も。

一人はくすんだ茶色い髪《かみ》の毛に、黒い瞳《ひとみ》。身長はセシリアより少し高いぐらいで、胸板《むないた》は薄《うす》く、ひょろりとしていた。見た目は別に悪くはないが、どこか偉《えら》そうだ。

もう一人の青年は、おかっぱで眼鏡をかけていた。身長は低く、小柄《こがら》で、隣の彼と比べると、雰囲気《ふんいき》がおどおどしている。

二人とも貴族の子どもか、良いところのお坊《ぼっ》ちゃんだろう。着ている服がそれなりにいい。

（なんか、『ガキ大将と、金魚の糞《ふん》』って感じね）

初対面にしては失礼な感想だが、まぎれもなくそういう風体《ふうてい》の二人だった。

（でもこの二人、どこかで見たことがある気が……）

「お前、ここら辺に住んでいる奴《やつ》か？」

「えっと……」

この一帯はシルビィ家の土地だが、誰《だれ》かに貸し出したりはしていない。ここはバードウォッチングが好きな父親のために、保護区のような形で自然を残している場所である。

「まぁ。そうですが……」

本当のことをわざわざ言う気にもなれず、セシリアは曖昧《あいまい》に頷《うなず》いておいた。すると、ガキ大将は肩についた葉を払《はら》いながらこちらに近づいてくる。

「ここら辺にシルビィ家のコテージがあると聞いて来たんだが、道に迷ってしまってな。お前、知っているか？」

「まぁ……」

また曖昧に頷いた。あのコテージの存在は隠《かく》しているわけではないが公《おおやけ》にはしていない。知っているのは限られた者たちだけだ。つまり、彼はその『限られた者』か『限られた者にアクション出来る存在』ということだ。

(つまり、嘘《うそ》を言って無下に返すわけにはいかない相手ってことよね……)

両親の知り合いか親戚《しんせき》の子どもだろうか。どちらにせよ、なんで今……と思わずにいられない。

ガキ大将は、これまた居《い》丈高《たけだか》に顎《あご》でセシリアの背後を指した。

「それなら、案内しろ」

「え？」

「聞こえなかったのか？　案内しろと言ってるんだ、愚《ぐ》図《ず》女」

「……」

それが人にものを頼《たの》む態度だろうか。百歩譲《ゆず》ってセシリアが平民に見えていて彼が貴族であろうとも、その態度は失礼すぎる。彼の両親と家庭教師はいったい彼に何を教えているのだろうかと心配になるレベルだ。

セシリアは喉《のど》までせりあがってきた文句をぐっと飲み込む。そして、精いっぱいの笑みを浮《う》かべた。ここで怒らせるのは得策ではない。

「えっと。失礼ながら、どちら様でしょうか？」

「ティッキー・コールソンだ」

「……コールソン？」

「あぁ。公爵《こうしゃく》家である、あのコールソンだ」

「ベルナール・ブルセ……です……」

胸を張るガキ大将ことティッキーの後ろで、おかっぱ眼鏡が力ない声で自己紹介をする。その瞬間《しゅんかん》、セシリアに衝撃《しょうげき》が走った。

（ティ、ティッキーにベルナールって――⁉）

二人とも『ヴルーヘル学院の神子姫3』に出てくるキャラクターである。そしてさらに、ティッキー・コールソンは、コールソン公爵家の次男。ギルバートの実の兄であった。

（な、な、な、なんで二人がここに⁉）

先ほど感じた既視感《きしかん》の正体にセシリアはおののく。

ティッキーも、ベルナールも、共通ルートでは出てこないキャラクターだ。出てくるのは恋《れん》愛《あい》ルートに入ってから。しかも、ギルバートのルートとジェイドのルートでしか、セシリアは二人を見たことがなかった。

（しかも、どっちもいい印象がないキャラクターだわ……）

ティッキー・コールソンは、主にベルナールか長兄《ちょうけい》のニコル・コールソンと一緒《いっしょ》に出てくるキャラクターである。登場時は基本的にギルバートを虐《いじ》めることしかしない。主人公と街で歩いている彼を見て嘲笑《あざわら》ったり、騎士《きし》に選ばれたギルバートに『お前が騎士に選ばれたのは偶然《ぐうぜん》だ。このコールソン家の恥《はじ》さらし。引きこもり野郎《やろう》！』というような怪文書《かいぶんしょ》を送り付けてきたりする。『実は、いい奴だった』とか『実は、こんな可《か》哀想《わいそう》な過去があるやつなんだ』とかそういうキャラクターの掘《ほ》り下げなんてものは一切《いっさい》なく、ただ、ギルバートが越《こ》えるべき壁《かべ》として描《えが》かれているキャラクターなのだ。

そして、彼の隣《となり》にいるベルナール・ブルセ。彼もなかなか癖《くせ》のあるキャラクターである。初回登場時は今のようにティッキーの金魚の糞として登場するのだが。実のところ、彼の正体は連続暴行事件の犯人だったりするのだ。誰《だれ》にも見られない夜中や人気のない通りで、女性や小さな子どもばかりを殴《なぐ》って気絶させる、自分より弱い者しか狙《ねら》わない通り魔《ま》みたいなクソ野郎である。そして、ジェイドルートはこの暴行事件を追うのがメインテーマになっている。例の交換《こうかん》日記を使い、主人公と二人で推理を組み立て、ベルナールを追い詰《つ》めるのだ。

つまり彼は、ジェイドルートで言うところのラスボスなのだ。……ちなみに、ジェイドルートに入ってからのセシリアの死因の五割に、ベルナールが関係している。

（……帰ってくれないかなぁ……）

もう、本当に追い返したい。自分の未来のためにも。

（だけど新聞を見る限り、ベルナールは暴行事件起こしていないみたいだし。ティッキーも、今までギルバートに連絡《れんらく》とろうとしてないのよね。もしかして、この二人もゲームとは少し性格が違《ちが》うのかしら……）

「なにぼーっとしてんだよ、このノロマ！」

「きゃっ！」

肩《かた》を押され、身体《からだ》がのけぞった。考え事をしていたせいで身体は思うように動かず、その場に尻餅《しりもち》をついてしまう。

「さっさと案内しろ！」

（はぁぁあぁぁあぁ!?）

セシリアはその場で彼を睨《にら》み上げた。

（ぜ、前言撤回《てっかい》！　追い返す！　こいつら何としても追い返す!!）

言葉はまだ許せる。でも暴力はだめだ。絶対に。

「なに、いっちょ前に睨んできてんだよ！　お前ら平民が、俺にそんな目を向けてもいいと思っているのか！」

「ま、まずいって！　ティッキー！　この人の服見てよ。動きやすく仕立ててあるけど、平民って感じじゃ……」

「ベルナール！　お前は黙《だま》ってろ!!」

「ひっ！」

ベルナールは肩をすくませる。その間に、セシリアは立ち上がった。

こみあげてきた怒《いか》りは飲み込み、凛《りん》とした女性の顔を張り付ける。ドレスについた泥《どろ》を払うと、セシリアは背筋を伸《の》ばした。

「それが公爵家に生まれた人間のすることですか？　ティッキー・コールソン」

「なに⁉」

腕《うで》を摑《つか》まれる。男性特有の強い握力《あくりょく》に、眉間《みけん》に皺《しわ》が寄った。

しかし、セシリアはものの数秒で表情を取り繕《つくろ》う。

「あら。もしかして、先ほどの言葉ではご理解いただけませんでしたか？　それならばもう一度、今度はかみ砕《くだ》いて言いましょう。……ティッキー・コールソン。名家として名高いコールソン家の子息ともあろうお方が、女性にこのような態度をとっていいと思っているのですか？」

セシリアは余裕《よゆう》を示すように摑まれていない方の手で、髪《かみ》を流した。

「野生の猿《さる》でも、もう少し考えて行動すると思いましてよ？」

「おま――」

さらに握力が強くなる。さすがに痛くて表情が保てない。

しかし、ここは根性《こんじょう》だ。こいつに泡《あわ》を吹《ふ》かせるまで、表情を崩《くず》してなるものか。

腕をつかんでいる相手がシルビィ家の長女だと知れば、彼だって、こんな横暴な態度は取れないハズだ。

「そういえば私、名乗っていませんでしたね」

「はぁ⁉　お前の名なんて……」

「私の名前は、セシ――」

そう言いかけた瞬間、何かが耳の横をものすごい勢いで駆《か》け抜《ぬ》けていった。そして、ガッ、という音と共に、見たことのある剣《けん》が目の前の木に突《つ》き刺《さ》さる。そして、目の前のティッキーの頬《ほお》に赤い筋が浮かび上がった。頬の薄皮《うすかわ》を切られたのだろう。

「……やっと見つけたと思ったら、なんなんだこれは」

先ほど剣を投擲《とうてき》しただろう彼は、いつもより低い声を響《ひび》かせながらこちらに近づいてくる。

セシリアには見えないが、背後の彼は今相当な形相をしているのだろう。ティッキーは「ひいいぃ！」と間抜《まぬ》けな声を出した。腕を摑んでいた力も弱まる。

「離《はな》れろ。ティッキー・コールソン。それは俺の未来の妻だ」

振《ふ》り返ったセシリアの目の前には、鬼《おに》の形相を浮かべるオスカーの姿があった。


「帰れ」

これが、オスカーとセシリアから事のあらましを聞き、ティッキーと対峙《たいじ》したギルバートの最初の一言である。

いつになく容赦《ようしゃ》のない彼の言葉に、何も言われていないはずのセシリアの心臓がきゅっとなる。ティッキーもベルナールも怯《おび》えているようだった。

一同はコテージの一室にいた。セシリアは痣《あざ》になってしまった手首に包帯を巻いてもらいながら、事の次《し》第《だい》を見守っている。オスカーも扉《とびら》の前で腕を組み、彼らを見つめていた。

「だ、大体、お前がいけないんだろう！　俺がいくら会いたいって連絡をしても、お前が何も返さないから！　学院にだって連絡したのに！」

「帰れ」

「そ、それに！　あの女のことだって、俺は悪くない！　あの女が早く名乗り出ないからいけないんだ!!　シルビィ家の女だってわかっていたら、俺だってもうちょっと——」

「帰れ」

全く聞く耳を持たないギルバートである。そんな彼に、ティッキーは必死に言い訳を重ねていた。ここ最近、ギルバートが学院で先生に呼び出しを受けていたのは、どうやらティッキーが原因らしい。

「ね、ねぇ、ギル。もう少しちゃんと話を聞いてあげたら？」

なんだか少し可哀想になり、ティッキーに助け舟《ぶね》を出してしまう。その船にティッキーは「ほら、女だってそう言ってるんだから！」と全力で乗っかってきた。

ギルバートはセシリアに振り返る。

「姉さんは黙って治療《ちりょう》受けてて。大丈夫《だいじょうぶ》。こんな奴《やつ》、すぐに追い出すから」

「お前っ！」

「ってことで、帰れ」

まったくもって付け入る隙《すき》がない。これは相当おかんむりのやつである。

「俺はただ、協力してくれって言ってるだけだろ！」

「協力する気はないと、何度言ったらわかるんですか？」

ギルバートはそう吐《は》き捨てる。どうやらこれは、コールソン家のお家騒動《いえそうどう》らしい。

話を聞くと、次男であるティッキーは今コールソン家で微妙《びみょう》な立場にいるというのだ。ティッキーは嫡男《ちゃくなん》であるニコルのスペアとして、大切に、大切に、育てられてきた。しかし、身体の悪い父親の代わりに、そろそろニコルが家督《かとく》を継《つ》ぐという話になっているようで。それと同時にスペアの役割を全《まっと》うしたティッキーは、家から追い出されそうになっているらしい。

平民に落ちるのが嫌《いや》なティッキーは何とかしてニコルを貶《おとし》めようと画策。その手伝いを、彼はギルバートに頼《たの》んできている、ということだった。

「俺は知ってるぞ！　お前、ニコルをどうにかできる情報をもってるんだろう？」

「持っているわけないでしょう？　どこからそういう情報を仕入れてくるんですか……」

ギルバートの怪訝《けげん》な顔に呆《あき》れの感情が足される。もう本気で面倒《めんどう》くさがっている顔だ。

「だってお前、俺たちのこと恨《うら》んでるんだろう？　だから――」

「だから俺がコールソン家をどうこうするために情報を集めているっていうんですか？　馬鹿《ばか》馬鹿しい」

「なっ！」

本当にどうでもよさそうなギルバートの態度に、ティッキーの目が見開かれる。

「言っておきますが、俺はもう貴方《あなた》たちのことはなんとも思っていません。関《かか》わりたいとも思ってない。ですから、その情報は完全なるデマですよ。……なので、安心してお帰りください」

「ちょ——っ！」

「自分で帰らないのなら、兵士に送らせますよ」

冷たく言い放ったその時、部屋の扉が突如《とつじょ》として開いた。ノックも何もない。開き方も乱暴だ。扉の前にいたオスカーはその勢いに飛びのいた。

「なっ！」

「おい！　リーン知らないか？」

そう言って部屋に飛び込んできたのはヒューイだった。彼の言葉にセシリアは反応する。

「え？　リーン？」

「アイツ。部屋に忘れ物取りに行くっていって、もうかれこれ三十分も帰ってきてないんだ！　どこに行ったか知らないか!?」

その時、セシリアの頭に『キラー』という三文字が浮《う》かんだ。

セシリアたちがコテージの外に出た時には、もう若干《じゃっかん》騒《さわ》ぎになっていた。話を聞きつけたのか、調査が終わったのか、モードレッドも兵士と一緒《いっしょ》に戻《もど》ってきている。

「で？　やっぱりギルたちも知らないって？」

帰ってきたヒューイにジェイドが問う。ヒューイは悔《くや》しそうに「あぁ」と頷《うなず》いただけだった。

「以前の誘拐《ゆうかい》事件の件もありますし、心配ですよね……」

「どこか行きそうな場所知らないの？」

モードレッドに次いで、ダンテが心配そうな声を出す。

「知らない。コテージに入るまでは見守ってたんだ。……なのに……」

セシリアは使用人たちに視線を滑《すべ》らせる。

「部屋の中は捜《さが》したのよね？」

「はい」

「何かおかしな所はなかった？」

「おかしな所、ですか……？」

使用人たちは互《たが》いに目を見合わせた。

「そうですね……。おかしな所というほどではないですが、窓が開いてました」

「窓？」

「はい。少し前に確認した時は閉まっていたはずなんですが……」

セシリアはコテージの裏に回り込む。視線を上げれば、自分たちの部屋の窓が開いているのが見て取れた。カーテンがはためいている。

（窓は出かける前に閉めたはず……）

「もしかして――！」

セシリアは、窓を見上げていた視線をそのまま森の方へ滑らせる。ちょうどティッキーとベルナールに会った方向だ。

「ねぇ、オスカー！」

「な、なんだ？」

いきなり呼ばれたからか、オスカーの身がたじろいだ。

「私のことを迎《むか》えに来た時、警備の人に会った？」

「あぁ」

「何人？」

「そこを守っている一人だけだが……」

「やっぱり！」

セシリアはその場から離れ、使用人に声をかける。

「このコテージ裏の地図を今すぐ持ってきて」

「え？」

「早くっ！」

「は、はい!!」

「どういうこと？」

近づいてきたギルバートに、セシリアは受け取った地図を机に広げた。

「私ね、この辺りでティッキーたちと会ったの」

セシリアが指したのは、ちょうど同心円状に広がった警備の一番外側あたりだ。

「ギル。私が普《ふ》通《つう》に歩いて、この場所にたどり着くまでに、出会う兵の数は？」

「最小で一、最大で七」

「出会う兵士が一人の確率は？」

「ないわけじゃないけど、相当低い確率だよ。兵士はそれぞれ自分の持ち場を動き回っているはずだしね。――って、そういうこと？」

理解が早くて助かる。ギルバートは渋《しぶ》い顔をしながら「ちょっと捜させてくる」と言って、その場を後にした。

「なになに？　どういうこと!?」

話を聞いていたジェイドが困《こん》惑《わく》顔で地図を覗《のぞ》き込んだ。セシリアは説明を続ける。

「私もオスカーも、この地点にたどり着くまでに一番内側の警備の人しか見てないの。帰るときもそう。コテージの裏からこの警備が途《と》切《ぎ》れる地点まで、出会ったのは一番内側の警備の人だけ。それって、確率的にあり得ると思う？」

「ギルの言葉を借りるなら、その可能性は相当低いってことになるけど……」

不穏《ふおん》な空気に、ジェイドが狼狽《うろた》えだす。

「可能性が低いことはそう何度も起こらない。だけど、私たちは復路も合わせて三度それを経験している」

「一度目は偶然《ぐうぜん》。二度目は奇跡《きせき》。三度目は必然……ね」

そこでダンテも、セシリアが言いたいことを理解したようだった。

「つまり、そのあたりの警備は何者かの手によって排除《はいじょ》されている可能性が高い、と」

「はい」

まとめるようなモードレッドの言葉に、セシリアはしっかりと頷いた。ギルバートが先ほど『捜させてくる』と言っていたのは警備の兵のことである。死体になっているか、倒《たお》れているだけなのかはわからないが、彼らはきっとあの森のどこかにいるだろう。

「ってことは、リーンは攫《さら》われたってことだろ？　誰《だれ》に？　どこに!?」

セシリアは地図を見つめながら前世の記憶《きおく》を呼び起こす。おそらく、これにはキラーが関わっている。

（水辺か森にかかわる、キラーが出てくるイベントって……）

セシリアは地図に指を滑らせる。わざわざ警備を排除したということは、リーンはこの先だろう。けれど、森は広い。やみくもに捜し回るわけにもいかない。

（思い出せ、思い出せ、思い出せ!!）

セシリアは頭を抱《かか》えた。水辺でも森でもキラーは何度もリーンを殺している。そう考えてしまうと、どこもかしこも怪《あや》しく思えてしまう。けれど、どこかにあるはずだ。ここにしかない特徴《とくちょう》的な、リーンが殺されていそうな場所。

次の瞬間《しゅんかん》、セシリアはがばっと地図に張り付いた。

「わかった！　ここだ！」

「え？」

「ここにリーンはいる!!」

セシリアが指したのは、ティッキー達と出会った場所の、そのまた奥にある鍾乳洞《しょうにゅうどう》だった。

鍾乳洞でリーンが殺されるイベントは、共通ルートから誰の恋愛《れんあい》ルートにも入ることが出来ず、なおかつノーマルエンドにも必要な好感度が足りない場合に起こる。

突然《とつぜん》、怪しい手紙で呼び出しを食《く》らったリーンは、疑うことなく呼び出された場所に赴《おもむ》き、そして、そこで攫われてしまう。気が付いた時には鍾乳洞の中で、彼女はそこで何者かに腹を刺《さ》され、殺されてしまうのだ。

（……で、遺体が見つかった場所がシルビィ家の所有する鍾乳洞ってことで、セシリアは犯人とされ、投獄《とうごく》の上殺されてしまうと）

キラーがリーンをシルビィ家所有の鍾乳洞で殺したのは、きっと偶然ではない。そこでリーンを殺すことによって、同じ神子《みこ》候補であるセシリアを自分の手を汚《よご》さず亡《な》き者にすることが出来ると判断したからだろう。しかも、罪をすべてセシリアに押し付けることができるというおまけつきだ。

「ダンテ！」

　セシリアは側《そば》にいた彼の服をつかんだ。

「貴方《あなた》がこの中で一番足が速いでしょう⁉　今すぐここに行って！　私たちも後で追いかけるから！」

「えっと」

「あぁ、でも！　ナイフを持っている人がいるかもしれないから気を付けてね！」

「……」

　ダンテは微妙《びみょう》な表情を浮《う》かべた後、「わかった」とセシリアの髪《かみ》をかき混ぜた。どうしようもない妹を見るような視線に一瞬《いっしゅん》疑問が浮かんだが、その疑問を口にする前にダンテは飛び出した。

「ダンテ、俺も！」

　その背中をすぐさま追ったのはヒューイだった。

「俺、足手まといは嫌《きら》いだからな」

「それは、――大丈夫《だいじょうぶ》」

さすが二人とも、元暗殺者だ。身軽さと俊敏《しゅんびん》性にかけて彼らの右に出る者はいない。木の枝や岩などを使い、彼らはあっという間に見えなくなってしまった。

「ジェイドは少し遅《おそ》くなってもいいからリーンが見つかった時に使う、毛布と救急道具を持ってきて！」

「わ、わかった！」

「モードレッド先生とオスカーは、私と一緒《いっしょ》に先に行きましょう！　リーンが見つかったら、すぐさま治療《ちりょう》をお願いします！」

「わかりました」

「わかった」

セシリアたちが鍾乳洞についた時には、もう彼女はヒューイの腕《うで》の中にいた。意識はなく、そばには切られた縄《なわ》と、口に入っていただろう布が投げ出されていた。寒いところに放置されていたためか、肌《はだ》は青白く、唇《くちびる》は紫色《むらさきいろ》になってしまっている。

「リーン！」

一緒に到着《とうちゃく》したモードレッドはすぐさまリーンに駆《か》け寄り、宝具による治療を始めた。

「とりあえず、体温を上げないといけませんね」

淡《あわ》い光が彼女の身体《からだ》を包み、血色が戻《もど》ってくる。

セシリアはモードレッドにぐっと身を寄せた。

「先生、リーンは⁉　大丈夫なんですか⁉」

「外傷はないようです。毒等も……おそらく大丈夫でしょう。気絶しているだけみたいですね」

注意深く観察しながら、モードレッドはそう言う。セシリアは胸をなでおろした。

「……よかった」

ヒューイも同じ気持ちだったようで、傍《はた》から見てもわかるぐらいに彼の身体の力は抜《ぬ》けた。それでも彼の腕は未《いま》だに力強くリーンの身体を支えている。

(でも、なんで……)

キラーはリーンを殺さなかったのだろう。ここで殺しておけば、すべての罪をセシリアに擦《なす》り付けることができたかもしれないのに……

そこまで考えて、セシリアは渋い顔で口元を覆《おお》う。

(だけど、そうか。今のキラーは私が神子候補だって知らないから――)

セシリアにわざわざ罪を着せて殺す理由がない。しかもゲームとは違《ちが》い、セシリアとリーンの関係は良好だ。これでは『シルビィ家の領地で起こった殺人』となるだけで、誰かのせいにすることができない。

（誰のせいにもできないならできないで、キラーの性格的にここでリーンを殺しちゃいそうなものだけど……）

神子候補であるリーンを前に躊躇《ちゅうちょ》したとは考えにくい。少なくともゲームの中では、キラーは神子候補を殺すことに躊躇うことは一切《いっさい》なかった。殺すことを後回しにするときは、大概《たいがい》その裏に『誰かに罪を押し付ける』という意図がある。ゲームではその『誰か』が大体『セシリア』になるのだが――

（今回も誰かに罪を着せようとしたってこと？）

その時、どこからともなく獣《けもの》のような唸《うな》り声が聞こえてきた。セシリアが顔を上げると、鍾乳洞の入り口にいくつもの黒い影《かげ》が見て取れる。

（野犬!?）

思わず息をのんだ。そこにいたのは、いつかの林間学校で見た『障《さわ》り』に侵《おか》された野犬の群れである。赤く血走った眼《め》をセシリアたちに向けながら、彼らは威嚇《いかく》するように唸り声を上げている。身体からは黒い靄《もや》が立ち上っていた。

「先生。捜《さが》し物、見つかったよ」

暢気《のんき》な声を出しながらダンテがモードレッドを振《ふ》り返る。一方、声をかけられた彼は目の前の光景に目を大きく見開いていた。顔は青ざめているように見える。

「セシリア、隠《かく》れてろ」

オスカーはセシリアを守るように立つ。手にはいつの間にか宝具が握《にぎ》られていた。

（……そういうことね……）

目の前の光景に息をのみながら、セシリアは一人納得《なっとく》した。

キラーはこれらに罪を押し付けるつもりだったのだ。『障り』に侵された野犬に、神子候補が食い殺される。それはもうただの事故だ。誰のせいにもならない。

（でも、それならキラーは――）

その時、ギャンッと甲高《かんだか》い鳴き声を上げ、隣《となり》に野犬が滑《すべ》り込んできた。慌《あわ》ててその方向を見れば、野犬はもう意識を飛ばしている。先ほどまで上がっていたはずの靄も見て取れなかった。

「いいなぁ。俺もオスカーみたいなかっこいい宝具がよかった」

そう言うのは、ダンテだ。どうやらオスカーが襲《おそ》い掛《か》かってきた野犬の『障り』を切ったらしい。彼の宝具は、任意の物だけを切ることができる剣《けん》という大変便利なものである。

「無駄口《むだぐち》を叩《たた》く暇《ひま》があったら、どうするか考えろ！　これだけの数、さすがに俺だけでは捌《さば》き切れんぞ！」

「だよねー」

どこまでもダンテは飄々《ひょうひょう》としている。これだけの敵に囲まれてもなお、その姿には余裕《よゆう》しか感じられない。

「でもまぁ、今回は俺の宝具の方が役に立ちそうだけど――」

（確かダンテの宝具って――）

セシリアがそう前世の記憶《きおく》を思い出そうとした時だった。

ダンテが思いっきり片足を踏《ふ》みならす。その瞬間《しゅんかん》、彼を中心に風が起こった。砂埃《すなぼこり》が舞《ま》い上がり、光とともにバチバチと静電気のようなものも起こる。

「わっ」

「じゃ、……おやすみ」

ダンテの口角が上がる。瞬間、バタバタと野犬が倒《たお》れだした。そうしてものの数秒で野犬たちは皆《みな》、戦闘《せんとう》不能になってしまう。

（ゲームしているときも思ってたけど、あの宝具ってずるいわよね）

彼の宝具は『敵を一定時間強制的に眠《ねむ》らせる』というものだ。対象は範囲《はんい》内の敵全員。眠らせられる時間は知能が高い生物ほど短い――という設定だったはずである。ゲームでは相手が人型の時は一ターン、動物の場合は三ターン【眠り】の状態に陥《おちい》る。リアルバトルになっているこちらの世界では何秒が一ターンに相当するのかわからないが、なかなか使える宝具なのは間違《まちが》いないだろう。

「人だと眠らない人もいるし、使えない宝具だなぁと思ってたんだけどね。ま、動物なら十五分以上は目覚めないと思うから、その間に片《かた》っ端《ぱし》から『障り』を祓《はら》っちゃおう」

そう言って、彼は野犬の額に触《ふ》れる。毛が黒くて見えづらいが、どうやらそこに痣《あざ》があるらしい。彼の能力は【眠り】によって戦闘不能にするだけで、『障り』自体は祓えないのだ。

オスカーはモードレッドとヒューイ、そしてセシリアを振り返る。

「ってことだから、お前たちは先に帰ってろ。こんなところで治療するより、帰ってからの方がいいだろう？　こちらの処理は二人いれば十分だ」

「わかった」

ヒューイは立ち上がりモードレッドとセシリアに目くばせした。『行くぞ』ということらしい。

セシリアはオスカーとダンテに駆け寄る。

「気を付けてね！　二人とも怪我《けが》なんてして帰ってきたら承知しないんだから」

「あ、あぁ。というか、さっきから思っていたんだが、その言葉づか――」

「はいはい。んじゃ、さっさとやろうぜ、オスカー！」

オスカーの言葉を遮《さえぎ》るようにダンテが肩《かた》を組む。そうして、怪訝《けげん》な表情を浮かべるオスカーをそのまま連れて行ってしまった。

コテージに戻ってきた一行は、リーンのことをモードレッドに任せ、一つの部屋に集まっていた。メンバーはヒューイにセシリア、それと帰る途中《とちゅう》で出会ったジェイドの三人である。オスカーとダンテは未だ戻ってきていなかった。

神妙《しんみょう》な顔をするメンバーのもとに、ギルバートが帰ってくる。そして、それぞれの顔を見た後、椅子《いす》に腰《こし》かけた。

「リーンに続き、警備の兵士も発見しました。皆、昏倒《こんとう》させられていただけですね。気を失う前後のことはあまり覚えていないらしく、犯人の顔も見てないようです」

「つまり、誰《だれ》がリーンにあんなことしたのかわからないってことだよね」

「……ということですね」

ジェイドの言葉にギルバートは頷《うなず》いた。そうして続ける。

「こうなったらリーン本人に聞くしかなさそうですが、訓練された兵たちでもあの状態なので彼女が覚えている可能性は――」

「そんなことする必要ないだろ」

遮るようにそう言ったのはそれまで黙《だま》っていたヒューイだ。彼は俯《うつむ》いていた顔を上げ、セシリアをじっと見つめる。

「どう考えても、この女が犯人だろ？」

「へ？　わ、私？」

思わぬ事態にひっくり返った声が出た。これには他二人も驚《おどろ》いたようで、どちらも目を丸くしてしまっている。

「なんで、セシリアさんが犯人になるんだ？」

ジェイドが狼狽《うろた》えたような声を出す。

「だってそうだろう？　そうじゃなかったら、なんでこの女はリーンがいる場所を言い当てられたんだよ！　あの方向には他《ほか》にも怪《あや》しいところいっぱいあっただろうが！　もっと言うなら、あんなところに隠さなくても森に放置するだけでよかったはずだ」

「そ、それは……」

「あの時は俺も頭に血が上っていて、つい何も言わずに信じちゃったけどな。よく考えれば、怪しすぎるだろ？　『ここにリーンはいる』って言い当てられるだなんて」

思わずセシリアは後ずさる。

「リーンがいなくなった時にもちょうどいなかったし、お前なら怪しまれずに連れ出せるだろう？　窓だって、同じ部屋なんだから開けとけばすむ話だ」

「えっと」

「反論があるなら言ってみろよ！」

セシリアは狼狽えながら、視線をさまよわせた。

この流れはまずい。非常にまずい。ゲームでは何度もあった展開だ。今ここにオスカーがいないのでまだいいが、ここに彼がいたならば、セシリア死亡の条件が整ってしまう。

（ど、どうにかして言い訳を考えないと!!）

しかし、どういえばいいのだろうか。セシリアが鍾乳洞《しょうにゅうどう》を言い当てた最大の根拠《こんきょ》は『前世の記憶』である。それを正直に打ち明けても、きっと彼は納得しない。それどころか信じてもくれないだろう。

（でも、このまま黙っていた方が怪しくなっちゃうっ！　何か言わないとっ！）

「あ、あのね！」

セシリアがそう声を上げた時だった。部屋の扉《とびら》が開いて、今一番来てほしくない人物が顔を出した。

「帰ったぞ」

「終わったよー！」

オスカーとダンテの登場に、セシリアは息をのんだ。

死亡条件が揃《そろ》ってしまった。冷や汗《あせ》が噴《ふ》き出る。

（どうしよう――）

今のセシリアとオスカーの関係は悪くない。けれどももし、セシリアが好きな人《リーン》を傷つけたと勘違《かんちが》いしてしまったら、きっと彼は、ゲームのように、セシリアのことを嫌《きら》い始めるに違いない。

いつになく剣呑《けんのん》な雰囲気《ふんいき》に、オスカーもダンテも困惑《こんわく》したような表情を浮かべている。

「どうかしたのか？」

「なんか変な空気だね」

「えっと。リーンを攫《さら》った犯人がセシリアさんじゃないのかって、ヒューイが……」

ジェイドは眉《まゆ》を寄せながらそう説明した。瞬間、二人の眉も寄る。その表情の意味をセシリアは読み取れない。『やっぱり』なのか『そうだったのか』なのか『まさか』なのか。

ややあって、オスカーが口を開く。セシリアは思わず身を固くした。

「その考えは、短絡《たんらく》的すぎるんじゃないですか？」

そう言ったのは、オスカーではなかった。それまで話を聞いていたギルバートである。

彼はヒューイの前にコテージ付近の地図を広げた。

「この地図を見てください。確かに貴方《あなた》の言うとおり、気絶したリーンを隠《かく》しておける場所は他にもたくさんあります。けれど、どの場所も雨に晒《さら》される危険がある場所です」

「だから？」

「犯人は犬に襲《おそ》わせるためかリーンを殺さずに放置していました。雨が降ったら、雨粒《あまつぶ》でリーンが起きてしまう可能性がある。これから犬に襲わせようとしている人間が起きて騒《さわ》いでいたら、もしくは逃《に》げ出したら、それこそ面倒《めんどう》でしょう？」

ギルバートは窓の外に目をやる。

「今日は風が強く、東に雨雲があります。雨の降る可能性は十分にありました。したがって『長い間放置をしていても見つかりにくい場所』でかつ『雨を防げる場所』となるとここ鍾乳洞しかないんです。姉はそれを見越《みこ》したんでしょう。……ね？　姉さん」

「あ、……うん！」

当然見越してなんかいないが、そう頷いた。我が義弟《おとうと》は本当に頭がよく回る。

ギルバートはトドメというようにさらに言葉を重ねた。

「それに、リーンがいなくなったとされる時間、姉は別の人間と一緒《いっしょ》にいました。もし、確かめたいのでしたらその者の部屋に案内しますが、どうしますか？」

ティッキーとベルナールのことだろう。出会いとしては最悪だったが、こうなった今では出会っていてよかったと言わざるを得ない。セシリアにとって彼らはアリバイの証言者である。

ギルバートの言葉に、ヒューイは黙った。その背をダンテが叩《たた》く。

「ま、お前の気持ちもわかるけど、落ち着けよ」

「そうだな。とりあえず、冷静になれ」

「そう、だな」

いまだに納得《なっとく》していない表情を浮かべているが、それは仕方がないだろう。恋人《こいびと》があんな危機的状態になったのだ。冷静でいられるわけがない。

「それに、これは女性には無理な犯行だと思うぞ」

オスカーの声にヒューイが顔を上げる。

「さっき帰ってくるとき、建物の裏側とコテージの入り口に配置されていた警備の兵たちに話を聞いてきたんだ。そしたら、リーンがいなくなったとされる時間帯、誰も彼女を見てないと言う」

「入り口の兵も？」

ヒューイの疑問に今度はダンテが頷《うなず》いた。

「そ。つまり、彼女は窓から連れ出されたってことになる。しかも、建物の裏側にいた兵に見つからないように木に飛び移る形でね。そんな離《はな》れ業《わざ》、俺たちにだって大変なのに、そこのか弱そうなお嬢《じょう》さんができるわけないでしょ？」

「そっか。あー……そうだよな……」

ヒューイは頭をガシガシと掻《か》く。そして、セシリアに向き直った。

「悪い、勘違いだった」

「あ、いえ。わかっていただけたなら、それで……」

セシリアはほっと胸をなでおろす。なんとか最悪の事態は避《さ》けられたようだ。

「とりあえず、今日はもう休みましょう。警備の数は倍に増やしましたし、犯人が誰かはわかりませんが、今日の今日で何か仕掛《しか》ける可能性は薄《うす》いでしょうしね。このことは夕食の時にまた話し合うということで」

ギルバートの言葉に皆《みな》は無言で頷いた。


結局、夕食の時間になってもリーンは目覚めなかった。ヒューイは彼女の側《そば》を離れようとはせず、話し合いは残りのメンバーだけですることになった。

そこで決まったことは、大きく分けて二つ。

一つは、明日には皆それぞれ屋敷《やしき》の方に戻《もど》る事。つまり、お泊《と》まり会のお開きである。警備が増えたとはいえ、このままここに滞在《たいざい》するメリットはないという判断だった。

そしてもう一つは、この事件はシルビィ家が責任をもって調べること、である。領地で起きたことなので、こちらも当然と言えば当然の決定だった。

「それにしても、犯人は誰《だれ》で、いったい何がしたかったのか……」

モードレッドはため息をつきながら食事を口に運ぶ。当然ながら、彼の調査もここで打ち切り予定だ。

「確かにね。身《み》の代金《しろきん》目的ならリーンよりも彼女の方が狙《ねら》われるだろうし」

ジェイドはそう言いながら、セシリアに視線を滑《すべ》らせる。

「じゃぁ、やっぱり神子《みこ》候補だからなんじゃない？」

「神子候補を害して、相手になんの得があるっていうんだ」

ダンテに続き、オスカーもそう口を開いた。

キラーが誰なのか、なぜ神子候補を狙うのか。それはセシリアにもわからない。わかっているのは、これまで沈黙《ちんもく》を貫《つらぬ》いていたキラーが動き出したということだけだった。

その夜、セシリアはコテージのベランダで夜風に当たっていた。警備のしやすさを考え、彼女とリーンは隣《となり》のコテージからギルバートたちがいるコテージへと移ってきている。

セシリアの気分とは裏腹に、空に瞬《またた》く星はうっとりとするほど綺麗《きれい》だった。

（キラーが動き出したってことは、今まで以上に気を張ってないとだめってことになるわよね）

セシリアは深く項垂《うなだ》れる。ヒューイの話では、リーンは一時間ほど前に一度だけ目覚めたらしい。しかし、まだ意識がもうろうとしていたようで、またすぐに眠《ねむ》ってしまったのだという。その話を聞いてモードレッドは「薬を盛られているのかもしれませんね」と悔《くや》しそうな表情を浮《う》かべていた。彼が宝具で治すことができるのは、彼自身が『理解』している症状《しょうじょう》だけなのだ。なので、毒や原因がわからないものは治せないという特徴《とくちょう》がある。

（リーン、大丈夫《だいじょうぶ》かな……）

本当はセシリアだってリーンの側にいたい。けれど、張り付くように側にいるヒューイを邪《じゃ》魔《ま》することもできず、こうやってベランダから彼女のいるだろう部屋を見上げることしかできないのだ。

（早くよくなってくれればいいけど……）

「セシリア」

その時、自分を呼ぶ声がして、セシリアは声のした方を見た。そこにはオスカーがいる。

「あ、殿下《でんか》」

セシリアは咄嗟《とっさ》に持っていた扇《おうぎ》で顔を隠す。そして、扇の下で頬《ほお》をひきつらせた。

（今更《いまさら》こんなことしたって、もうばっちり見られてると思うけど……）

事件が起こった時、セシリアはリーンのことで必死になりすぎていて、こうやって扇で顔を隠すことも忘れていた。さらには口調もセシルでいる時のように、随分《ずいぶん》と砕《くだ》けてしまっていたように思う。正直、怪《あや》しまれていたとしてもおかしくない。

（でもでも！　まさか公爵令嬢《こうしゃくれいじょう》が男装して学院に通っているとは、オスカーだって思わないだろうし！　きっと、大丈夫よね！）

今できるのはそう自分を鼓舞《こぶ》することだけだ。諦《あきら》めてぶっちゃけてしまうのは論外だし、彼がギルバートのように自分の前世の話をすんなり受け入れてくれるとも思えない。

そんなセシリアの心配をよそに、オスカーは彼女の側に立ち、肩《かた》にそっと上着をかけてくれる。

「涼《すず》むのはいいが、あまり体を冷やしすぎるなよ」

そう微笑《ほほえ》む彼の顔はとてもセシリアを疑っているようにはみえなかった。いつも通りの、気さくで優《やさ》しいオスカーだ。セシリアは上着の前を合わせながら、微笑んだ。

「ありがとうございます」

「あぁ」

微笑みが更《さら》に砕けた笑《え》みに変わる。

（大丈夫……だったみたいね）

セシリアはほっと胸をなでおろした。やはり、公爵令嬢が男装して……なんて考えに至らなかったのだろう。それか、彼が相当鈍《にぶ》いかのどちらかだ。

（オスカーって人が好《い》い分、ちょっと鈍そうだものね）

これでバレていたら、昼間にヒューイの追及《ついきゅう》をかわした意味がなくなってしまうというものだ。まぁ、かわしたのはセシリア自身の力ではないのだが……

そう気を抜《ぬ》いていると、突然《とつぜん》手すりを掴《つか》んでいた手にオスカーの手が重なってきた。

「こんなことになったが、今回は一緒に過ごせて楽しかった」

「あ、はい！　私もですわ」

「また、会ってくれるか？」

そう聞かれて、セシリアは視線を泳がせた。『公爵令嬢・セシリア』としては『はい』一択《いったく》なのだが、『男爵子息・セシル』の立場も考えれば答えは『いいえ』一択だ。しかし、正直に『いいえ』とは言いにくい。

「だめか？」

「えっと……」

ここで『もちろんです』と答えるのは簡単だ。しかし『なら、○○日後に』なんて約束を取り付けられてもかなわない。なぜかこの世界のオスカーはセシリアに対して積極的なのだ。

「姉さん」

なんとか穏便《おんびん》に済ませられないかと考えていると、掃《は》き出し窓《まど》のほうからギルバートの声がした。セシリアは天の助けと言わんばかりに彼の方を見る。

「あ、ギル！」

そして、彼に駆《か》け寄ろうとした瞬間《しゅんかん》――

「ぎゃっ！」

「姉さん!?」

スカートの裾《すそ》を踏《ふ》んで躓《つまず》いてしまった。眼前に迫《せま》る床《ゆか》に、セシリアは目を瞑《つぶ》る。

しかし、いつまでたっても衝撃《しょうげき》はやってこなかった。

「君は、案外おっちょこちょいだな」

「オスカー、様」

気が付けばオスカーがセシリアの身体《からだ》を支えていた。腹部に回る腕《うで》にセシリアの全体重がのっかっている。躓いた勢いで、手に持っていた扇は前方に飛んでしまっていた。

「気をつけろ。君が怪我《けが》をすれば、みんな悲しむ」

「あ、はい。ありがとうございます」

恥《は》ずかしさも相まって、はにかむようにお礼を言った。

その瞬間、オスカーの目が見開く。

「大丈夫、姉さん」

「あ、うん」

「ほんと気を付けてよね」

駆け寄ってきたギルバートに身体を支えられながら、セシリアは「それでは」とその場を後にした。

一人残されたオスカーは去っていく二人の背を見ながら固まっていた。そして、先ほどまで彼女を支えていた腕を見て、息をのむ。

「やっぱり、彼女は……」

思い返すのはセシリアのはにかむような笑みだ。まさかまさかと思っていたが、今ここでようやく疑惑《ぎわく》は確信へと変わった。あんなに近くで顔を見ておいて、さすがに間違《まちが》えるはずがない。

オスカーが顔を上げた瞬間、振《ふ》り向いたギルバートと目が合った。彼は無表情で一つ会釈《えしゃく》をする。その意味ありげな顔にオスカーは眉間《みけん》の皺《しわ》を揉《も》んだ。

「男の恰好《かっこう》なんかして、何しようとしてるんだ……」

オスカーの頭に浮かんでいたのは、ここにいないはずの友人の顔だった。

「もぉおぉぉ！　本当に最悪！　もうちょっとセシリアと一緒《いっしょ》にいるはずだったのに!!」

翌朝、セシリアの部屋でそう声を上げたのは、元気になったリーンだった。彼女はもうすでに身支度《みじたく》を済ませており、足元には纏《まと》められた荷物が置いてあった。


「ほんっと。マジでキラー許すまじよ！　私の楽しみを邪魔した罪は重いんだから！」

「そこは、襲《おそ》われたことを恨《うら》もうよ」

「それも恨んでる！　でも、一番はやっぱり私の楽しみを奪《うば》ったことよ！」

彼女は地団太を踏みながら、怒《いか》りをあらわにする。その元気な様子にセシリアは苦笑いを浮かべながらも、ほっと胸をなでおろした。

目覚めたリーンは、一同の予想通りに犯人の顔を覚えていなかった。それどころか、攫《さら》われた前後の記憶《きおく》も曖昧《あいまい》だという。モードレッドによれば、記憶の欠如《けつじょ》は襲われたショックからなのか、薬のせいなのかはわからないらしい。

「そういえばさ、イベントはどうなったの？」

「イベント？」

「ほら、アニメの総集編の！」

リーンの言葉にセシリアは首を捻《ひね》った。そういえば少し前にも、彼女は同じようなことを言っていた気がする。

「なに？　まだ思い出してなかったの？　ほら、総集編でオスカーと主人公がコテージのベランダで……」

「あ――!!」

セシリアは思わずリーンを指さしてしまう。

あれは総集編の最後、アニメのBパートの話だ。集まったメンバーとこれまでのことを振り返り、その晩主人公はベランダでオスカーと二人っきりになる。

（んで、いい雰囲《ふんい》気《き》になった時に、ギルに呼ばれて……）

ギルバートに駆け寄ろうとして主人公は躓いてしまうのだ。それを支えたのがオスカーだった。

『気をつけろ。君が怪我をすれば、みんな悲しむ』

現実で聞いたオスカーの声と、アニメで聞いた彼の声が見事なまでに重なる。

つまり、昨晩のオスカーとのやり取りが、そのままイベントだったのだ。

セシリアは痛む頭を押さえた。

（なんで、リーン《ヒロイン》の代わりにヒロインやっちゃってるのよ、私っ！）

「なに？　やっぱり何かあったの？」

興味津々《きょうみしんしん》の様子でリーンは顔を近づけてくる。明らかに面白《おもしろ》がっている彼女をセシリアはじっとりと睨《にら》みつけた。

そうしていると下の階から「リーン！　行くぞ！」というヒューイの声が聞こえてくる。リーンが心配なのだろう、彼は彼女を屋敷《やしき》まで送り届けるそうだ。

「はーい！」

可愛《かわい》らしい声でリーンは応じる。そして、最後に、という感じで、彼女はセシリアに向き直った。

「いい？　私も気をつけるけれど、セシリアも十分に気をつけなさいよ。キラーはアンタも狙《ねら》ってるはずなんだから！」

「あ、うん！　……でも、たぶん私は狙われないんじゃないかと思うよ？」

「なんでそう思うのよ？」

「ほら、私は『神子《みこ》候補』だってバレてないはずだし……」

キラーが狙うのは常に神子候補だけだ。邪魔《じゃま》にならない限り騎士《きし》も狙わないし、普通《ふつう》の人間を無差別に襲ったりもしない。無駄《むだ》な殺しなんてもってのほかだ。その点においてのみ、キラーは信頼《しんらい》できるキャラクターだった。

「そんなの、わからないじゃない！　相手はあのキラーよ！　どこでどんな情報を得てるかわかったもんじゃないわ！　油断してたら、スパーっといかれちゃうわよ！　スパーって！」

「ちょ、ちょっと脅《おどか》さないでよ」

親指で首を切る姿を見せられ、セシリアは怯《おび》えたような声を出した。

「脅してないわよ。私は事実を言ったまで！　ゲームでは私よりも圧倒《あっとう》的にセシリアが狙われる確率の方が高いんだから、本当に注意しとくのよ！」

「わ、わかった」

「戸締《とじ》まり気を付けて。護衛もたくさんつけるのよ？」

「うん。リーンもね？」

「もちろんよ。こんなところで死ぬつもりはないもの！」

リーンはそう胸を張る。彼女の実家でキラーがどうこうするような話はなかったはずなので、おそらく大丈夫《だいじょうぶ》だとは思うが、昨日の今日なので少し不安が残る。

「それにね。しばらくヒューイ君が一緒にいてくれるらしいの」

「へ？」

「うちの屋敷に泊《と》めてあげられるかはまだわからないけど、そうじゃなくても近くに宿をとって毎日顔を見に来てくれるって！」

そう言いながら頬《ほお》を染める彼女は、とても幸せそうだ。

「なんか、……愛されてるね」

「でしょう？　相思相愛！　愛し愛されの私たちなんだから！」

リーンは照れたような笑《え》みを浮《う》かべながら、身体をくねらせる。

ヒューイは、元々ハイマートに所属していた暗殺者だ。ダンテと比べれば見習いという感じだったが、その実力は折り紙付きである。おそらく、リーンの護衛は十分すぎるぐらい務めてくれるだろう。

少し安心したセシリアは彼女を送るために、一緒に玄関《げんかん》ホールに向かった。玄関ホールには身支度を済ませたジェイドたちがいる。端《はし》には、何やら真剣《しんけん》な様子で話し合うギルバートとオスカーの姿。

（なに話してるんだろう……）

二人とも、こちらに聞こえないような小さな声で言葉を交《か》わしている。セシリアがじっと観察していると、その視線に気が付いたのかオスカーがふいに彼女の方を見た。そして、ぎょっとした後、不自然に視線をそらす。

（え？）

突然《とつぜん》の出来事に、セシリアは混乱したように目を瞬《しばたた》かせた。

オスカーはセシリアに目を合わせることなく一行の輪に加わる。どうやら話し合いは終わったらしい。

「それじゃ、お世話になりました！」

「じゃ、またね」

「……それじゃ」

ばらばらとそう言い、彼らは背を向ける。オスカーも「世話になった」と言い、彼らと同じように踵《きびす》を返した。

（私、何かしたかな……）

最後まで目を見ようとはしなかった彼に、セシリアはしばらく不思議そうに首を捻っていた。

～閑話～　ギルバートの夏休み

コテージから帰ってきたその日の夜。ギルバートは寝苦《ねぐる》しさに目を覚ました。仰向《あおむ》けに寝転がったまま額を拭《ぬぐ》えば、拭ったその手がじっとりと汗《あせ》で濡《ぬ》れる。

（――暑い）

湿度《しつど》を含《ふく》んだ重たい空気が身体《からだ》にまとわりつく。夏季でも比較的《ひかくてき》過ごしやすいといわれるプロスペレ王国でも、暑い日は暑いのだ。特に涼《すず》しい水辺から帰ってきた今日のような日は、暑さが身に染《し》みる。

（水でも飲んでこよう）

ギルバートは微睡《まどろ》んでいた頭を無理やり覚醒《かくせい》させ、身体を起こす。そうして、視線を横に滑《すべ》らせて――固まった。

「な、んで……」

絶句してしまうのも無理はない。彼の隣《となり》にはセシリアがいた。彼女はギルバートと同じ布団《ふとん》にもぐりこんだまま、すやすやと寝息を立てている。

（まさか、何か――!!）

こうなった時に一番信じられないのは自分自身だ。勢いで彼女に何かしてしまったのではないかと、慌《あわ》てて自身の身体を確かめる。そして、恐《おそ》る恐る彼女にかかっている布団を捲《めく》り、安《あん》堵《ど》の息をついた。

（よかった……）

彼女はちゃんと服を着ていた。その事実にギルバートは顔を覆《おお》う。

ビックリした。ほんとにもう、ビックリした。

先ほどまでとは違《ちが》う理由で、汗が肌《はだ》を湿《しめ》らせる。

（そういえば、一緒《いっしょ》に寝たいとか言ってたっけ……）

セシリアの言動を思い返しながらギルバートは息をつく。

昨晩、彼女は自分の枕《まくら》を持ったままギルバートの部屋に来た。夏用の薄《うす》い夜着にびっくりしながらも、どうしたのかと聞けば『キラーが怖《こわ》いから一緒に寝てくれない？』と彼女は言う。どうやらリーンに脅されて、急に怖くなったらしい。いつもより青白い彼女の顔を可哀想《かわいそう》だと思いつつ、『警備を増やすように言っておくから』と、ギルバートはセシリアを部屋まで送り届けた。その時は、それで納得《なっとく》したと思っていたのだが……

（まさか、眠《ねむ》っている間にもぐりこんでくるとは思わなかった）

どうやら納得はしていなかったらしい。

ギルバートはセシリアの布団をかけ直す。その時、のぞいていた白い鎖骨《さこつ》に目が留まった。

さらけ出されたデコルテ部分は、暑さのためかほんのりと上気している。汗ばんだ彼女の肌に、束になった髪《かみ》が張りついて、それが妙《みょう》に艶《なま》めかしく思えた。横になった彼女の胸元《むなもと》に汗の玉が浮かび上がる。それが肌を滑って、彼女の谷間に滑り落ちていく。

ギルバートは滑っていく汗の玉を見届けてから、顔を逸《そ》らした。

(だめだ)

体温が上がる。彼女は自分を義弟《おとうと》としてしか見ていないだろうが、自分は彼女を女性として見ているのだ。口では『姉』と言っていても、本当に『姉』だと思ったことは一度もない。

キラーは確かに危険かもしれない。けれど、今この状況《じょうきょう》で一番危険なのは自分自身だった。

「んんっ」

寝苦しいのだろう。セシリアは寝返りを打ち、今度は布団の端から足を出してきた。太ももまで出てきた彼女の足に、ギルバートは慌てて布団をかける。

「はぁあぁ……」

ため息ばかりが口からこぼれる。水を飲みに行こうと思っただけなのに、なんだこの仕打ちは。

こんな状況ではいけないことばかりが頭をめぐってしまう。

ギルバートはセシリアの頬に張り付いた髪の毛を払《はら》う。そうして、そのまま親指で唇《くちびる》に触《ふ》れた。

ふにっと押しつぶすと、柔《やわ》らかい感触《かんしょく》に眩暈《めまい》がした。

「姉さん。婚約破棄《こんやくはき》したいんでしょ？　させてあげようか？」

囁《ささや》くような声でそう問いかける。婚約というのはもちろん、オスカーとセシリアの婚約のことだ。ギルバートはそれを破棄する方法を知っていた。

（考えてみれば、簡単な話なんだよな……）

王妃《おうひ》として彼女に求められているのは、知性と品格と血統。それと、純潔だ。このどれかを剥奪《はくだつ》すれば、彼女の王妃としての資質は失われることとなる。つまり――

（俺がこの場で……）

ギルバートはもう一度セシリアの唇を押し、そのまま唇をゆっくりとなぞった。

「でも、嫌《きら》われるだろうな」

奪《うば》うことはきっと簡単だ。けれど、それをすれば彼女は傷つくだろうし、もうきっと口もきいてもらえなくなる。

しかし、それで彼女が手に入るなら、ずっとそばにいてくれるのならば、安いものではないのだろうか。あんなに毎日のように『好きだ』『好きだ』と言ってくれる彼女のことだ。もしかしたら、時間が経《た》てば許してくれるかもしれない。

「あぁもう！」

ギルバートはその場に寝転がった。普段《ふだん》考えないようにしていることがまざまざと浮《う》き彫《ぼ》りになり、自分自身に嫌気《いやけ》がさす。

「殿下《でんか》なら、絶対にこんな手段、思いつかないんだろうな……」

ギルバートから見て、彼ほど誠実で清廉潔白《せいれんけっぱく》な男はいない。彼ならたとえギルバートと同じ立場に立ったとしても、セシリアを傷つける手段なんて思いつきもしないだろう。よしんば思いついたとしても、論外だと切って捨てるだろう。

天井《てんじょう》を見上げていると、数日前に聞いたリーンの声が脳裏《のうり》に蘇《よみがえ》ってくる。

『貴方《あなた》、義姉《あね》の幸せのためなら自分でさえも犠牲《ぎせい》になっていいと思っている質《たち》でしょう？　心のどこかで、セシリアが幸せになるのなら殿下に彼女を譲《ゆず》ってもいいとさえ思っている。全力で抗《あらが》いながら、でも諦《あきら》める算段もどこかでしている』

『嫌いよ、ギルバート。貴方のそういう計算高いところが。諦めている人間が、私はこの世で一番嫌いなの』

「そりゃ、たまには弱気にだってなるだろ」

ギルバートは弱々しくつぶやく。

このままオスカーと結婚《けっこん》すれば、きっとセシリアは幸せになれる。彼は何が何でも彼女を守ってくれるだろうし、大切にしてくれる。それはもう誰《だれ》もがわかっていることで、もはや確定事項《じこう》に近い。

　だから、抗っているのはギルバートただ一人だけなのだ。自分だけが必死に側《そば》にいてほしいと彼女の手を握《にぎ》りしめている。

　ギルバートは彼女の唇を押さえていた親指で、自分の唇に触れた。

（誰にだって譲る気はない……けど……）

　耳元で規則正しい寝息が聞こえる。横を向けば、瞳《ひとみ》を閉じたセシリアがいた。

　そして、またリーンの声が頭を揺《ゆ》さぶった。

『推《お》しってやつ。私にとってのヒューイ君みたいな存在ね。……つまり、好きな人ってこと』

「姉さんが好きだった男って、殿下なの？」

　セシリアはその言葉に応《こた》えることなく、再び寝返りを打った。

〜閑話〜　オスカーの夏休み

『姉さんがセシルだって、今頃《いまごろ》気が付いたんですか？　まったく、殿下は鈍《にぶ》いですよね』

セシリアがセシルなのではないかと気づいた翌日。オスカーが問い詰《つ》めると、ギルバートはそうあっさり白状した。

　コテージの玄関《げんかん》ホールで二人は声を潜《ひそ》めて話し合う。他《ほか》のメンバーはのんきに雑談をしていた。

『もともと、隠《かく》し通せるとは思っていませんでしたからね。姉さんはこのままでいけると思っているようですけど。ま、俺はそんなに楽観的な方ではないので』

『お前、セシリアは公爵令嬢《こうしやくれいじょう》なんだぞ!?　そんな――』

『わかっていますよ。そんなこと』

　なんてことない表情でそう宣《のたま》う彼が気に入らない。そして――

『それでも、これは姉さんの望みですから』

　そうやって、自分だけ事情を知っているように振《ふ》る舞《ま》うのも気に入らなかった。これではまるで自分だけ蚊帳《かや》の外みたいじゃないか。

オスカーは唸《うな》るような声を出す。

『何のためにあんなことしているんだ？』

『それは言えません』

『お前っ！』

『言っても理解できないと思います』

馬鹿《ばか》にされたような物言いに腹が立った。理由を言えないならまだしも、理解できないと言われたら、さすがにカチンとくる。

『もういい。それなら！』

ギルバートがダメなら、本人に聞くまでだ。そう足を踏《ふ》み出したオスカーをギルバートは腕《うで》を摑《つか》んで止めた。

『本人には言わない方がいいですよ。たぶん、殿下に気づかれたと知ったら、姉さん国外逃亡《とうぼう》ぐらいはするでしょうし』

『は？　国外逃亡!?』

『それぐらい殿下には知られたくないってことですよ』

『俺に、知られたくない？　男装をしている事を、か？』

『はい。だから殿下は諦めて「知らないふり」をしていてくださいね。ま、俺は姉さんについていくだけなので、国外逃亡でも構わないんですけど』

意味が分からない。馬鹿にされたという怒《いか》りは吹《ふ》き飛び、今度は混乱が頭を支配した。とりあえずわかっているのは、自分が黙《だま》っていなければセシリアはこの国から逃《に》げてしまうということ。そして、彼の表情を見る限り、それは嘘《うそ》ではないということ。

『じゃ、「知らないふり」頑張《がんば》ってくださいね』

ギルバートがそう微笑《ほほえ》んだと同時に、セシリアとリーンが階段から下りてきた。

それが三日前の出来事。

「あぁ、くそっ！」

オスカーは王宮にある執務《しつむ》室でガシガシと頭を掻《か》いた。いきなり大きな声を上げたオスカーに、先ほど書類を持ってきた騎士《きし》が飛び上がる。

「殿下、どうかなさいましたか!?　まさか、書類に不備が？」

「いや、大丈夫《だいじょうぶ》だ。悪い」

オスカーは顔を青くする騎士に詫《わ》びを入れ、手元にある書類にもう一度目を落とした。

書類は軍部の追加予算案だ。現在、オスカーには軍部が任されていた。書類上のトップはまだ国王だが、実質の管理は彼がしている。と言っても、軍をどう動かすか、どういう設備を作るか等は、現場の人間や有識者と共に決めているので、まだ『勉強させてもらっている身』という感じだ。

オスカーは仕事をこなしつつ、頭の隅《すみ》でセシリアのことを考える。

（つまり、あの時も、あの時も、あの時も。相手はセシルではなく、セシリアだったということか!?）

怖《こわ》いからと、同じ布団《ふとん》で眠《ねむ》ったセシルも、

絵のポーズを取るために、異国の服で自分の胸に手を這《は》わすセシルも、

リーンから逃げるために、自分の上に乗っかってきたセシルも、

全部、全部、全部、彼ではなかった。彼女だった。

そう実感した瞬間《しゅんかん》、つい先日感じた彼女の柔《やわ》らかい身体《からだ》を思い出して、オスカーは机に突《つ》っ伏《ぷ》した。

「あぁっ、もうっ!!」

「で、殿下《でんか》!?　大丈夫ですか!?」

「アイツは一体、何をやっているんだ!!　本当に馬鹿だろう!!」

「わ、私、何かしたでしょうか!?」

オスカーの奇行《きこう》に騎士が狼狽《うろた》える。しかし、そんな可哀想《かわいそう》な騎士に構っているだけの心の余《よ》裕《ゆう》は今の彼にはなかった。

オスカーは額を押さえながら下唇《したくちびる》を噛《か》みしめる。

「『知らないふり』って。一体、どんな顔して会えばいいんだ……」

オスカーはまた頭をガシガシと掻きむしった。

✦第四章✦ いざ、モードレッド先生攻略！

二週間ほどの短い夏休みが終わり、セシリアたちはヴルーヘル学院に帰ってきた。

「で。エミリーさんを起こすためには、やっぱりモードレッド先生を攻略しないといけないと思うのよね！」

「……誰《だれ》が？」

「わ、私が？」

「反対」

ぴしゃりとそう言い放つのは隣《となり》に座るギルバートである。

セシリアたちはいつものように昼休憩《きゅうけい》を利用し、温室で作戦会議をしていた。せっかく考えた作戦を否定され、彼女は狼狽える。

「な、なんで!?」

「なんでって言うか、そもそも無理でしょ？　そのゲームでの『攻略』って、相手と恋愛《れんあい》関係になるって意味でしょ？　姉さん、今の自分の恰好《かっこう》わかってる？」

そう指をさされ、セシリアは視線を落とす。セシリアが着ているのは当然男性物の制服だ。

「一応言っておくけど、モードレッド先生の恋愛対象は女性だよ？　前に、先生の元恋人《こいびと》の話で女生徒が騒《さわ》いでいたし」

「そ、そりゃわかってるけど！　でも、リーンも引き受けてくれなかったし……」

　セシリアだってこの作戦を考えついた時、一番にリーンに相談しに行った。けれど、『やーだ』の一言で無下に追い返されてしまったのである。話もろくに聞いてもらえなかった。

「だからって、姉さんがやる必要はないでしょ？　そもそも、そういうことをしないための男装じゃなかったの？」

「うっ！」

　痛いところを突かれて胸を押さえる。しかし、セシリアも負けてはいられない。モードレッドのルートは、おそらくエミリーのことがテーマになっていると思うからだ。

　モードレッドの妹で、第三の神子《みこ》候補であるだろうエミリー。キラーに殺されているはずの彼女がなぜ死んでいないのかはわからないが、そのあたりを含《ふく》めて情報を集めなくてはならない。

　なぜなら、今のセシリアの目的は『第三の神子候補《エミリー》に全《すべ》てを任せて、自分は悠々自適《ゆうゆうじてき》にのほほんと日常を送ること』だからだ。

　セシリアはギルバートにぐっと身を寄せる。

「でも、先生に近づかないとエミリーさんの話聞けないと思うし!!　男の姿でも！　恋愛関係にならなくても！　仲良くなりさえすればいいんだよ！　きっと！　おそらく！　たぶん！」

　セシリアの真剣《しんけん》な瞳《ひとみ》に、ギルバートが呆《あき》れたようにため息をつく。

「ま、そこまで言うのならフォローはするけどさ。……というか、キラーのことはもういいの？」

「いいわけないでしょ！」

　なぜかセシリアは胸を張る。

「だけど、キラーのこととかもう考えたって仕方がないじゃない？　正体もわからないし、目的もよくわからないし！　そもそも、私が狙《ねら》われるかもわからないし！」

「怖がって俺のベッドにもぐりこんできたくせに」

「そ、それは！　だってリーンがおどかすからー！」

　申し訳なさそうに視線を下げる。ベッドにもぐりこんだ翌朝、セシリアはギルバートにかつてないほどの剣幕《けんまく》で怒《おこ》られた。ちょっとしたトラウマである。

「でも、もう悩《なや》んでも仕方ないことは悩まなくてもいいかなって。リーンのことも、私ができることはないわけだし！」

　リーンが攫《さら》われて以来、彼女の側《そば》には常にヒューイがいる。これではきっとキラーも手を出しにくいに違《ちが》いない。セシリアは胸元《むなもと》で拳《こぶし》を作る。

「だから、私はモードレッド先生に近づいて、エミリーを起こす！　そのうえで全部彼女に投げる！　これを目標にするわ！　キラーは、出てきたらその時々で対処する！」

「そう。……わかった」

ギルバートは興味なげに一つ頷《うなず》く。納得《なっとく》はしていないが了承《りょうしょう》はした。おそらく、そういうことだろう。

「で、何からしたらいいと思う？」

かぶりついてきたセシリアにギルバートは眉《まゆ》を寄せた。

「そういうのは姉さんの方が詳《くわ》しいんじゃないの？　『攻略』ってのをするためにゲームでは何をしていたわけ？」

「えっと、そうだなぁ。出来る限り一緒《いっしょ》にいて、好感度を上げるっていうのが基本だけど。あとは、その人が行きそうなところにあらかじめ先回りしておくとか……」

「それなら、今日の放課後二人でお見舞《みま》いに行ってみる？」

「え？　エミリーさんの？」

セシリアは目を瞬《しばたた》かせる。

「うん、モードレッド先生にも声かけてさ。『もしよかったらまた来てあげてください』って先生も言っていたしね」

「そうね！　私もエミリーさんの様子、気になってたし！」

モードレッドの攻略よりもエミリーの様子を見に行くのがメインになりそうな勢いで、セシリアは手を叩《たた》く。それを見て、ギルバートもふっと表情を緩《ゆる》める。

「それじゃ、放課後に」

「うん！　約束ね！」

セシリアが頷くと同時に、昼休憩《きゅうけい》終了《しゅうりょう》を知らせる鐘《かね》が鳴り響《ひび》いた。


「……約束って言ったのに……」

放課後、セシリアの姿は病院の前にあった。手には花束。そして隣には……誰もいなかった。

ギルバートは先生にまた呼び出しを食《く》らっていた。理由は彼の実兄、ティッキーである。彼はまだギルバートを諦《あきら》めていないらしい。しかも今回は、学院にまで電話してきたというのだ。

この世界の電話はライフラインではなく、公共物といった扱《あつか》いに近い。公共の建物や上位の貴族の家庭には設置してあるが、一般《いっぱん》の家庭にはまだ浸透《しんとう》していないのが実情だ。したがって、遠方にいる人とのやり取りは、まだ手紙が主流である。

今まではティッキーも手紙をよこしていたのだが、梃子《てこ》でも動かないギルバートを動かすため、今回は電話を使用したらしい。

「ってことは、長くなりそうよねー」

『片づけたら向かうから、先に行っておいて』

ギルバートはそう言っていたが。諦めの悪いティッキーのことだ、早々に片付くわけがないだろう。彼は本当にギルバートがニコルを破滅《はめつ》させる情報を持っていると思っているようだ。

「ギルも大変そうよねー」

セシリアは花束を抱《かか》え直し、一人で病院の門をくぐる。

「えっと、エミリーさんの部屋ってどこだったっけ？」

建物に入り、受付を見る。そこには人はいなかった。どうやら出払《ではら》っているらしい。

「先生は先に行って待ってるって話だし、どうするかなぁ」

二階だったことと個室だったことは覚えている。ただ、何番目の部屋かまでは覚えていなかった。セシリアは記憶《きおく》を手繰《たぐ》り寄せながら階段を上る。こうなったら不躾《ぶしつけ》かもしれないが一部屋ずつ当たってみるしかないだろう。

セシリアが階段を上りきったその時、通路脇《わき》から人が出てきた。突然《とつぜん》のことだったので、セシリアはよけきれずぶつかってしまう。

「きゃっ！」

「わわっ！」

二人とも花束を持っていたようで、花束同士がぶつかった。そして、同時に尻餅《しりもち》をつく。

「いつつ……」

「あっ。ごめんね」

セシリアはすぐさま起き上がり、ぶつかった相手に駆《か》け寄った。

「怪我《けが》はなかった？　大丈夫《だいじょうぶ》？」

「あ、はい」

ぶつかった相手は女性だった。厚い瓶底《びんぞこ》眼鏡に、足元まである白衣。癖《くせ》のある髪《かみ》の毛に低い身長。年齢《ねんれい》はセシリアよりも下に見える。

その姿にセシリアは目を見開いた。

「あ！　あの時の!!」

「はい？　どこかでお会いしましたか？」

首をかしげる。彼女が覚えていないのも無理ない。セシリアと彼女は一度すれ違っただけなのだ。エミリーのお見舞いに初めて行った日、妙《みょう》な既視感《きしかん》と共に二人はすれ違った。それだけの関係だ。

セシリアは「えっと……」と言葉を濁《にご》しながら彼女の花束を床《ゆか》から拾い上げる。その花束には『Ｅｍｉｌｙ』というカードが入っていた。

「もしかして、貴女《あなた》もエミリーさんのお見舞いに――」

「そんなところで何をしているんですか？」

声のした方を見れば、部屋から半分身体《からだ》を出した状態のモードレッドがそこにいた。きっとあの部屋がエミリーの病室なのだろう。

彼の視線はセシリアから隣《となり》の女性へ移る。そして、顔を綻《ほころ》ばせた。

「グレースも来てくれたんですね。ありがとうございます」

「いえ」

グレースと呼ばれた女性は、モードレッドの声に応《こた》えるように、柔《やわ》らかく微笑《ほほえ》んだ。

エミリーの病室でそのやり取りは行われた。

「こちらはグレース・マルティネス。敷地《しきち》内にある研究所で音響《おんきょう》について研究をしている子です」

「初めまして、グレースです」

「あ。初めまして！」

差し出された手をセシリアは握《にぎ》り返す。

モードレッドはグレースを指していた手のひらを、今度はセシリアに向けた。

「こちらはうちの学生で、セシル・アドミナ。君の一つ上の先輩《せんぱい》にあたります」

「そうなんですね。よろしくお願いします、先輩」

「せ、先輩って！　グレースは研究員じゃないんですか？」

混乱したような顔でセシリアは眉を寄せる。

「グレースは研究員じゃないですよ。君たちと同じ学院の生徒です。ただ、彼女の思いつく物は素晴《すば》らしくてね、特別に研究所の出入りを許されているんですよ」

「日中はほとんど研究所の方にいます」

「へえぇ」

いわゆる天才という奴《やつ》だろう。研究所の出入りだけでなく、彼女は学院での勉学も免除《めんじょ》されているようだった。

「この国の電話って、数年前はもう少し音質が悪かったんですよ。それを彼女が改良して、今の音質にまで引き上げたらしいです。今は蓄音機《ちくおんき》の研究をしているんでしたっけ？」

「はい。大型の物はもう存在しているので、今は出来るだけ小型のものを作っています」

「おおお。グレースさんって、すっごい人なんですね！　でも、なんで『障《さわ》り』の研究をしている先生が、音響の研究をしている彼女と知り合いに？」

セシリアが素朴《そぼく》な疑問を向けると、モードレッドも同じように首を捻《ひね》った。

「あれ？　私が『障り』の研究をしている事を、君に話しましたっけ？」

「あっ！　い、いえ！　ギルに聞いたんです!!　ギルに!!　シルビィ家のコテージに行かれたんですよねー！　俺も行ってみたかったなぁ!!」

後半は棒読みになってしまったが、なんとか乗り切る。モードレッドが『障り』の研究をしていることを話したのは【セシル】ではなく【セシリア】だ。

「あぁ、そうですか。君たちは本当に仲がいいですよね」

「あはは……ありがとうございますー……」

冷や汗《あせ》が頬《ほお》を伝う。今のは本当にちょっと危なかった。

「で、なんでお知り合いに？」

失言をごまかすように声を張る。すると、モードレッドはベッドで寝《ね》ているエミリーに視線を落とした。

「それはね。グレースがエミリーを助けてくれたからなんですよ」

「助けた？」

「えぇ、エミリーが何者かに襲《おそ》われた時、一番に駆けつけてくれたのがグレースだったんです」

エミリーが何者かに襲われたのは、まだ日も昇《のぼ》っていない早朝だったという。たまたま新聞を取りに家の外へ出てきたところを石で殴《なぐ》られたらしい。倒《たお》れたエミリーにもう一発食らわせようとしたところでグレースが駆けつけ、犯人は逃走《とうそう》。早い処置もあってか、エミリーは一命をとりとめたのだという。

「妹の命があるのはグレースのおかげなんです」

「そうなんですね」

（だから、モードレッド先生はこんなにグレースのことを信用してるのか……）

グレースを見つけた時の顔の綻び具合を思い出しながら、セシリアは頷《うなず》く。そして、何かに気が付いたように、はっと彼女の顔を見た。

（ということはつまり！　グレースはキラーを目撃《もくげき》しているってこと？）

小さく息をのんだ。思わぬところで情報が手に入るかもしれない。

セシリアは慎重《しんちょう》に言葉を選ぶ。

「でも、犯人が捕《つか》まっていないのは怖《こわ》いですよね。……どんな人だったかとか、見ていませんか？」

「それは……すみません」

グレースは首を横に振《ふ》った後、わずかに下唇《したくちびる》を噛《か》む。

そんな彼女の肩《かた》に、モードレッドは手を置いた。

「いいんですよ。捕まえたとしても、きっと相手は何も覚えていないでしょうしね」

「え、それはどういうことですか？」

「犯人は障りに侵《おか》された人間なんです。実は他《ほか》にも目撃者がいて、相手の身体から黒い靄《もや》が出ていたとか、そういう証言をしていたらしいんですよ」

（え!?　つまり、犯人はキラーじゃない？）

キラーが『障り』に侵されているという設定はなかったはずである。少なくとも、セシリアは知らない情報だ。

「もしかしたら、エミリーが目覚めないのも『障り』のせいかもしれませんね……」

そう言いながら、モードレッドはエミリーの頭を優《やさ》しく撫《な》でた。

ギルバートが合流したのはもうお見舞《みま》いも終わり、モードレッドやグレースとも解散した後だった。病院から寮《りょう》までの帰り道、二人は肩を並べて歩く。話題はやはり、エミリーのことだった。

「つまり、エミリーを襲ったのはキラーじゃない可能性があるってこと？」

「うん、まだわかんないんだけどね。私もゲームを最後までクリアしたわけじゃないから、未《み》確認《かくにん》の情報も多いわけだし……」

セシリアの話を聞きつつ、ギルバートは顎《あご》をさする。何か思うところがあるような表情だ。しばらくの逡巡《しゅんじゅん》ののち、彼は口を開く。

「ねぇ、一つ聞くんだけど。どうしてグレースはエミリーを助けられたの？」

「え？」

「不自然じゃない？　事件は早朝だったんでしょ？　しかも、まだ太陽も昇っていないような早朝。家が近所だってわけじゃなさそうだし、どうして彼女はそんな早朝に先生の家の付近を歩いていたんだろうね」

「確かに」

考えてみればそうである。明言はしていなかったが話していた感じからして、モードレッドとグレースはその事件で初対面を果たしている。たまたま彼の家に用事があって……というのは考えにくい。

「そのグレースって人、何か隠《かく》しているのかもね」

ギルバートのその言葉に、セシリアの胸はひどくざわめくのだった。

セシリアの様子がおかしい。

オスカーがそのことに気が付いたのは、夏休みが明けて、一週間ほどたったころだった。

男物の制服を着て、王子様と比喩《ひゆ》される言動をし、次々に女生徒を魅了《みりょう》していく様だけでも、普通《ふつう》に考えれば十分におかしいのだが。それを『いつものこと』だと一万歩譲《ゆず》ったにしても、最近の彼女の様子はおかしかった。

「モードレッド先生！」

跳《は》ねるような声を上げながら、彼女は中庭を横断し、モードレッドに駆《か》け寄る。オスカーはその様子を、二階の窓からじっと眺《なが》めていた。

「アイツは一体何をやっているんだ？」

上気した頬に、楽しそうな横顔。近すぎる二人の距離《きょり》になぜか変な焦燥《しょうそう》がこみあげてくる。

今にして思うが、どうして自分は彼女を男性だと思っていたのだろうか。どこからどう見ても完全に女性ではないか。まったく、思い込みとは恐《おそ》ろしいものである。

（なんで男装をしているかは聞けない、が……）

「今なにをしているのかぐらいは、聞いてもいいだろうか？」

オスカーは呟《つぶや》くようにそうひとりごちた。

セシリアが男装《あんな恰好》をしているのは、必要に駆られているからだ。その裏には何か重大な理由がある。それはギルバートの発言からも明白だった。もしかしたら、急にモードレッドと仲良くしはじめたのも、それが原因かもしれない。

（先生の手を借りたくて近づいている、とかだろうか……）

それならば彼女の行動も理解できる。

オスカーは二人の姿を見送って、窓から視線を外した。

「困っているのなら、何か手助けしてやりたいんだが……」

友人としても、婚約《こんやく》者としてもそう思う。それと少しだけ、本当に少しだけ。ギルバートへの対抗《たいこう》心もあった。彼ばかりがセシリアに頼《たよ》られている現状が、どうしても気に入らない。

しかし、意外にも早くチャンスはやってくるのである。

「オスカー！　モードレッド先生知らない？」

翌日、廊下《ろうか》を歩いていたオスカーはセシリアにそう呼び止められた。振り返ったオスカーに彼女は駆け寄ってくる。走ってきたためか、ほんのりと赤くなった頬が可愛《かわい》らしい。

（子犬、みたいだな）

オスカーは咳《せき》ばらいをし、緩《ゆる》みそうになった表情を改める。納得《なっとく》はしていないが、一応彼女の嘘《うそ》に付き合うと決めたのだ。気を引き締《し》めていないと一気に表情が瓦解《がかい》してしまう。もともと自分はそんなに嘘が得意な方ではないのだ。

「先生がどうかしたか？」

彼の正体を知る前と変わらない口調でオスカーはそう尋《たず》ねる。表情を見る限り、疑われてはいないようだ。

「別にどうもしないんだけど。一応一日一回は会話しようと思ってるから、捜《さが》してるんだ！」

「一日一回？」

「そ。一日一回」

（なんだそのノルマみたいな考え方は……）

ますます彼女がなにをしたいのかわからない。

オスカーの怪訝《けげん》な顔が見えないのか、セシリアは困った表情で腕《うで》を組む。

「先生って授業を受け持ってないし、保健室にいなかったらどこにいるかわからないんだよねー。今日はお見舞いに行く日じゃないし……」

「最近、妙《みょう》にモードレッド先生に近づいているな。……何か目的があるのか？」

「へ？」

セシリアは大きな目をさらに大きく見開いて、オスカーを見上げる。小首をかしげる様はちよっとした小動物のようだ。……可愛い。

オスカーは再び咳ばらいをし、唇《くちびる》を引き締めた。

「もし何かに困っているようなら、俺が手伝ってやるから何でも——」

「え？　オスカー、手伝ってくれるの？」

「あ、あぁ……」

「やった！」

あまりの喜びようにちょっと引いてしまう。すると彼女は突如《とつじょ》オスカーの腕を取った。

「じゃ、ちょっとこっち来て！」

セシリアは彼の腕に両腕《りょううで》を巻きつかせる。

その瞬間《しゅんかん》、オスカーの肘《ひじ》に何か柔《やわ》らかいものが当たった。

「——っ！」

男装をするために潰《つぶ》されてはいるが、位置的にこれは間違《まちが》いがないだろう。

その正体に行き着いて、思わず身体《からだ》が硬直《こうちょく》する。体温が上がるのを止められない。

「ほら、こっち！」

セシリアは、オスカーを人気のない階段の踊《おど》り場に連れて行った。

もうそれだけで頭痛がしてくる。

（本当に何をやっているんだ、この馬鹿《ばか》は——!!）

叫《さけ》び出しそうになるのをぐっとこらえる。

セシリアはオスカーの腕を放し、頬《ほお》を染めたまま、もじもじと両手の指先を合わせた。

「えっとね。……実は……」

肘に当たった胸の感触《かんしょく》が頭の中を駆け巡《めぐ》っているので、ちゃんと内容が入ってくるか怪《あや》しいが、表情は努めて冷静を装う。

(この馬鹿の、嘘に付き合うと、俺は決めたんだっ!)

今にも瓦解しそうな誓《ちか》いである。

セシリアはオスカーを上目遣《うわめづか》いで見上げる。同時にオスカーは自らの顔を覆《おお》いたくなった——が、我慢《がまん》をする。これは、おそらく己《おのれ》との戦いである。

「えっとね。実は先生と仲良くなろうと思って……」

「だから、先生と仲良くなってどうするつもりなんだ? もし、俺にできることなら、先生の代わりに俺がやってやるぞ?」

「やるって何を?」

「だから! 先生に何か頼《たの》もうとしていたんじゃないのか?」

「頼む?」

セシリアは首を捻《ひね》ったまましばらく固まる。そして、首を横に振《ふ》った。

「ううん。俺、先生と仲良くなりたいんだ」

「仲良く？」

「うん！　単純に仲良く！　恋人《こいびと》と同じぐらいの、親密な関係になりたくて！」

「…………は？」

うまく言葉が呑《の》み込めない。理解ができない。

（今、恋人とか言っていたか……？）

頭痛が臨界点を超《こ》え、今度は眩暈《めまい》がした。

可愛い婚約者が、なぜか理由も教えてくれないまま男装をしていて、未来の夫を前に『別の男性と、恋人と同じぐらいの親密な関係になりたいの！』なんて言っている状況《じょうきょう》だ。

控《ひか》えめに言って地獄《じごく》である。

「そう！　何でも相談してもらえるぐらいの関係になりたいんだ！」

無邪気《むじゃき》に人の心臓を貫《つらぬ》いてくる女である。

オスカーは思わず壁《かべ》に手をついた。そうでもしないと倒《たお》れてしまう。

（セ、セシリアはそんな不誠実な奴《やつ》だったのか!?）

婚約者がいながら他《ほか》に恋人を作るような奴だったのかと、一瞬《いっしゅん》そう疑ってしまったが、彼女がそんな人間ではないことは自分が一番わかっていた。

（しかし、両想《りょうおも》いというわけではないのだし。もしかしたら彼女は先生のことが――）

そんな思いも一瞬頭をもたげたが、すぐさま蓋《ふた》をした。今はその可能性について考えたくない。

　セシリアは嬉《うれ》しそうな表情でオスカーの手を取る。

「オスカー、協力してくれるんだよね？」

　好きな女性の満面の笑《え》みに、脊髄《せきずい》反射の勢いで頷《うなず》きそうになる。

　しかし、オスカーは頭《かぶり》を振った。ここは耐《た》える。

　なぜ、好きな女と別の男をくっつける手伝いをしないといけないのだ。けれど、期待に満ちた瞳《ひとみ》にそう言う勇気もなくて、オスカーはセシリアから視線を外し、額を押さえた。

「す、すまない。少し考えさせてくれ……」

　その台詞《せりふ》に、彼女は可愛らしく唇をすぼめながら「えー」と不満そうな声を出した。


　エミリーの病室でグレースを紹介《しょうかい》してもらってから二週間。

　もはやそれは、日課となりつつあった。

「あっ！　モードレッド先生！」

　放課後、校庭の隅《すみ》で見かけたモードレッドに、セシリアは駆《か》け寄った。

「こんにちは！」

「……はい、こんにちは」

笑顔のセシリアに対してモードレッドは、辟易《へきえき》とした顔で応じる。表情筋をめいっぱい使って『またか』と語る彼は、本当に嫌《いや》そうだ。

それもそのはずだ。この二週間、セシリアはモードレッドを構い倒していた。理由がなくても、話題がなくても、時間がなくても、彼女はモードレッドを見かけるたび飛びついていった。彼が行くだろう所には先回りをして待ち伏《ぶ》せをし、朝には必ず保健室に寄るようにしていた。

セシリアにとって、それはモードレッド攻略《こうりゃく》のための作戦だったのだが、彼の表情からいって、どうやら好感度はあまり上がっていないようだった。

セシリアは笑顔のまま、モードレッドに話しかける。

「お暇《ひま》でしたら、一緒《いっしょ》にお話ししませんか？」

「またそれですか」

深いため息とともに、モードレッドは頭を振った。さすがのセシリアだって、そこまでされれば彼に歓迎《かんげい》されていないことぐらいわかる。けれど、彼のルートや分岐《ぶんき》点などがわからない以上、こうやって地道に話しかけることぐらいしか、彼女にできることはなかったのだ。

（本当はグレースとか、キラーのことも気になるけど……）

頭の片隅《かたすみ》で先日のギルバートの声が蘇《よみがえ》る。けれど、こればかりは気にしてもしょうがない。今の時点ではどの情報も確かめることができないからだ。

セシリアは別の方向に傾《かたむ》きかけた思考を正し、再び笑みを張り付けた。今は目の前のことに集中するべきだろう。

「先生、そんなこと言わないでくださいよー！」

「最近なんなんですか？　本当にしつこいですよ？」

「それだけ先生と話したいってことです！」

「私には話すことはありません」

「俺にはあります！」

「……メンタル鋼《はがね》ですか？　君は……」

そう言いながらも、足を止めてセシリアと話してくれるのだから、彼はなんだかんだいって優《やさ》しい。セシリアがベンチに座ると、彼も諦《あきら》めたように隣《となり》に腰《こし》かけた。しかし、怪訝《けげん》な顔は変わらない。

「なんで私に近づくんですか？」

「えっと、だめですか？」

「だめというわけではないですが、別に私といても君は面白《おもしろ》くないでしょう？」

「そんなことないですよ！」

セシリアは首を振った後、胸の前に拳《こぶし》を掲《かか》げた。

「なんか最近では、無下にされるのが癖《くせ》になってきましたし！」

「……私にはそういう趣味《しゅみ》ありませんからね」

モードレッドは頰をひきつらせる。

好感度を上げるのには失敗したかもしれないが、話しかけるうちにこういう表情を見せてくれるようになったのは、一つの進歩だった。

「そうそう、今日はちゃんと用事があったんですよ！」

セシリアは、鞄《かばん》から本を二冊出す。どちらも小説本のようだった。

「実家から送ってもらったものなんですけど、エミリーさんはどっちが好きかなって！」

セシリアはモードレッドに本を差し出す。一冊は女の子が好みそうなシンデレラストーリー、もう一冊は定番の冒険譚《ぼうけんたん》。どちらもこの国の人間ならだれもがよく知る、有名な物語だった。

「これを、エミリーに？」

「あ、はい！　実は最近、話しかけるネタも尽《つ》きてきたんで本でも読んであげようかと！　あ、でも。もうちょっと年頃《としごろ》の女の子が好きそうな本がよかったですかね？　ちょっと年齢《ねんれい》層低かったかな……」

もしかしたらリーンが書くような小説の方が彼女好みなのかもしれないが、あれはとてもじゃないが朗読できるものではない。

「眠《ねむ》っていても、もしかしたら聞こえているかもしれませんし。出来るだけ楽しい話を……とは思っているんですけどね」

「君はもしかして、私がいないときでもエミリーの病室に通ってるんですか？」

「あ、はい！　さすがに毎日じゃないですが！」

なんてことない表情で答える彼女に、モードレッドは目を見開いた。その表情をどうとったのか、セシリアは慌《あわ》てだす。

「あぁでも！　一応、リーンについてきてもらっていますよ！　ついてきてもらっていない日も、扉《とびら》はきちんと開けてますし！　二人っきりになんてなっていません!!」

「そこは心配していませんよ。私だってそのぐらいは、君のことを信用していますから」

「それはよかったです……っ」

セシリアはほっと息をつく。リーンによれば、モードレッドは妹を溺愛《できあい》していたという。そんな彼に『妹によからぬことをしていたのでは……』と疑われた日には、もう好感度がどうのこうのとは言っていられない関係になってしまうだろう。

「でも、そうか。どうりで最近、花が頻繁《ひんぱん》に変わっていると……」

「俺の前にグレースさんが来ていることもあるので、全部が全部、俺が持ってきた花ではないですけど」

「そう、ですか」

モードレッドは複雑な表情になる。そして短い沈黙《ちんもく》の後、口を開いた。

「けれど、どうしてエミリーのお見舞《みま》いに？　君はそこまでして私と仲良くなりたかったんですか？」

　セシリアの行動の意図がわからないのだろう。彼は怪訝な表情を彼女に向けていた。

「えっと。最初は確かにモードレッド先生と仲良くなりたくてお見舞いに行っていたんですけど。でも今は、単純に早くよくなってもらいたくて！」

「……」

「自分と変わらない歳《とし》の女の子が、ああやって寝《ね》ているだけなんて、もったいないじゃないですか！」

　屈託《くったく》のない顔で笑うと、モードレッドは少し驚《おどろ》いたような顔つきになる。

　セシリアは自分の前世と、エミリーを少し重ねてしまっていた。人生の一番楽しいときにその場から退場せざるを得なかった自分《ひよの》と、眠ったままのエミリー。自分はもう戻《もど》れないけれど、可能性が残されているエミリーには出来るだけ今を楽しんでもらいたかった。

「ギルに聞いたんですけど。いろんな人が話しかけることによって刺激《しげき》が加わって、ああいう状態から目覚めた人もいるみたいなので！　少しぐらいはお手伝いになるんじゃないかと！」

「それで、本……？」

「あはは。俺がもっといろんな話題を持ってればよかったんですけどねー」

　すみません、とはにかみながら頭を掻《か》く。そんな彼女の様子に、モードレッドは俯《うつむ》いた。そして、肺の空気をすべて出すようなため息をつく。

「え？　なんか気に障《さわ》りました？　すみません!!」

「いえ。君がどうやって人を誑《たぶら》かしているのかが、よくわかりました」

「たぶ……へ？」

「あの子は、こっちの本の方が好きだと思いますよ」

言いながらモードレッドが指したのは冒険譚の方だ。その表情は先ほどに比べて幾分《いくぶん》か優しい。

「エミリーは、あの子のために用意した本よりも、私が子どもの頃《ころ》に読んでいた本を好んで読んでいましたからね。冒険譚とか、英雄《えいゆう》譚……そのあたりの本が好きですよ」

「そうなんですね！　ありがとうございます！」

セシリアがお礼を言うと、彼は一つ笑《え》みを浮《う》かべた後、立ち上がった。

「それでは、私はもう行きますね。……今日は、病院の方には？」

「行く予定です！」

「それでは後で会いましょう」

そう言ってモードレッドは去っていく。

セシリアは彼の背中を見送りながら首を傾《かし》げた。

（なんか、今のいい感じだった？）

どうしてモードレッドが優しくなったのかはわからなかったが、なんとなく一歩前進した気分だ。

（本のチョイスがよかったのかな。先生、冒険譚好き？）

そんなことを考えていると、ふと背後から視線を感じた。振《ふ》り返ると、背後の低い生け垣《がき》がもぞもぞと動いている。

（リーン？）

セシリアはため息をつく。もしかして今度は『セシル×モードレッド』だろうか。事業にまで拡大してしまった彼女の趣味は単純にすごいと思うのだが、友人をモデルにするあたりだけ、どうにもいただけない。

「リーン」

そう声をかけると、生け垣がビクリと反応した。セシリアは半眼になる。

「怒《おこ》らないから出てきたら？」

「……」

しかし、リーンは全く出てくる気配がない。それどころか、ちょっとずつ気配が遠ざかっていく。このままとんずらするつもりだろうか。

「もー！　怒らないってば！」

セシリアは立ち上がり、生け垣の中を覗《のぞ》き込んだ。そして固まる。

「へ？　……グレースさん？」

そこにいたのはリーンではなく、グレースだった。彼女はセシリアと目が合うと、まるで驚いた猫《ねこ》のように飛び上がった。そして、踵《きびす》を返し、逃《に》げようとする。

「ちょっとまっ――」

「ぎゃっ！」

しかし、彼女は足をもつれさせて前のめりにこけてしまう。そして、持っていたものが前に転がり出た。それは片手で持てるぐらいの四角い木の箱だった。箱は側《そば》にあった石に当たり、ガチャ、と何かスイッチの入るような音を響《ひび》かせる。

瞬間《しゅんかん》、なぜかその場にモードレッドの声が広がった。

『いえ。君がどうやって人を誑かしているのかが、よくわかりました』

『たぶ……へ？』

『あの子は、こっちの本の方が好きだと思いますよ』

先ほどの会話がその場で再生される。どうやらあの木の箱は、彼女の研究している小型の蓄《ちく》音機《おんき》らしい。

（でもどうして、モードレッド先生との会話を……）

グレースは転がった蓄音機に駆《か》け寄る。

「わ、私の須藤翔《すどうかける》コレクションが!!」

その台詞《せりふ》を聞いて、セシリアは彼女が転生者だと一瞬《いっしゅん》で理解した。

須藤翔――それはモードレッドの声を担当していた、声優の名前である。

第五章 三番目の神子候補

須藤翔《すどうかける》、七色の声を持つとされるイケメン声優。その声の幅《はば》は、ダンディなおじさまから魔《ま》法《ほう》少女アニメのマスコットキャラクターまで幅広《はばひろ》く。また最近ではルックスを生かし、俳優としても活躍《かつやく》している人物である。女性人気もすさまじく、ファンクラブの人数はトップアイドル並み。曲を出せば、その週のオリコン一位を必ず取るとまで言われていた。

『ヴルーヘル学院の神子姫3』を含《ふく》め数多くの乙女《おとめ》ゲームに出演しており、あまり声優に詳《くわ》しくないひよのでも知っている声優の一人である。

「翔様の声質は万人《ばんにん》に好かれる高音のクリアボイスが基本なのですが、低音のハスキーボイスも安定して出すことができ、まさにオールラウンダー。『七色の声』と呼ばれるのにふさわしい声優です。また歌になると、チェストボイスからヘッドボイスへの切り替《か》えが驚くほどスムーズで、違和感《いわかん》を全く抱《いだ》かせません。さらに、そこにキャラクター性が乗ることにより、えもいわれぬ快感が呼び起こされ、オキシトシンやドーパミンがドバドバでて、——まぁ、要するにすごく幸せにしてくれます」

その夜。グレースは自身に与《あた》えられている個室の研究室内で、須藤翔への愛をそう熱く語った。見た目は冷静を装っているが、熱くなったオタク特有の早口が、彼女のテンションを如実《にょじつ》に物語っている。

そんな彼女の熱量にセシリアは頰《ほお》をひきつらせる。

「そ、そうなんですね」

「それだけではありません。翔様は声の幅だけではなく演技もすごいんです。たった一言の『そうか』に慈愛《じあい》も悲哀《ひあい》も感傷《かんしょう》も慕情《ぼじょう》もすべて含められるんですから。特に二年前に上映された映画の吹《ふ》き替えでは――」

どうやらまだ彼女の愛は止まらないらしい。

グレース・マルティネスはやはり転生者だった。

前世での名前は、弥谷皐月《やたにさつき》。皐月は音響《おんきょう》機器メーカーに勤める研究者で、自他ともに認める声豚《声優オタク》だったらしい。須藤翔だけでなく他《ほか》の声優の追っかけもしていたようで、『ヴルーヘル学院の神子姫3』もその関係でやっていたのだという。

（……で今は、前世の知識から小型の蓄音機を作って、先生《須藤翔》の声を収集していると……）

まったく、能力の無駄遣《むだづか》いも甚《はなは》だしいというものである。リーンとは別の意味で質《たち》が悪い。

皐月だったころの最期《さいご》の記憶《きおく》は、セシリアと同じで燃える映画館らしい。どうやら一華とひよのが映画館で助けようとしていた女性が皐月だったようなのだ。同じ映画館で同時に死んだ三人が、同じ世界に転生する。こんな偶然《ぐうぜん》、果たして本当にあるのだろうか。

そんな彼女の心配をよそに、グレースのマシンガントークは未《いま》だ終わりが見えない。今度はどうやって彼女と須藤翔が出会ったかを語っていた。正直、興味はない。

セシリアは背後の人物に視線を移す。そして、苦笑いを浮《う》かべた。

（ギルも興味なさそうだなぁ……）

部屋には彼女とグレースの他に、ギルバートがいた。一応話は聞いているようなのだが、その表情は辟易《へきえき》としている。確かにこのまま聞いていても何も進まないだろう。

情報交換《こうかん》を申し出るために、セシリアは自身も転生者ということと『セシル＝セシリア』ということをグレースに明かしていた。このままだとその秘密を明かした意味もなくなってしまう。

（どこかで話を切らないと……）

「あの……」

「ちょっといいですか？」

ギルバートも同じように感じていたらしい。セシリアが声を上げる前に、彼はそう彼女の話をぶった切った。話を遮《さえぎ》られたにもかかわらず、グレースは不満げな顔一つ見せずに「はい。なんでしょうか？」と返す。もしかしたらこんなことは日常茶飯事《さはんじ》なのかもしれない。

ギルバートは背を預けていた壁《かべ》から身体《からだ》を離《はな》した。

「そろそろ本題に入りたいんですが」

「そうですね。情報の交換、でしたよね？」

「はい」

「では、何が知りたいんですか？」

まっすぐな目でグレースはそう言う。そこには先ほどまでの愉快《ゆかい》さは微塵《みじん》も感じられなかった。

まだ完全に信用していないのだろう、ギルバートは疑うような声を出す。

「何でも答えてくれるんですか？」

「まぁ、私が答えられることなら、という感じになりますが」

「そちらのメリットは？」

「別に。私はこの情報に何ら有益性を感じていませんからね。知りたいのならばお教えしますよ。同郷のよしみ、というやつです」

最後はセシリアの方を見ながらそう言う。セシリアが「ありがとうございます！」と頭を下げると、彼女はふっと優《やさ》しい笑《え》みを浮かべた。

「別にいいですよ。それと、敬語はよしてください。こちらの世界ではそちらの方が年上でしょう？」

「あ、うん！　じゃぁ、グレース、で。私にも敬語使わなくていいからね！」

「私の場合は性分《しょうぶん》ですのでお気になさらず。別に、敬語だからといって心を開いていないとかそういうわけではありませんから」

「そうなの？」

「はい。あと、先ほどは『情報に有益性を感じていない』と言いましたが、私だって下心なしで貴方《あなた》達に情報を渡《わた》すわけではないんです」

「と、言うと？」

「もしかしたらこの話し合いでキラーを止める突破《とっぱ》口《こう》が見つかるかもしれませんし」

（キラー!?）

その名前に背筋が伸《の》びる。

シルビィ家で起こったリーン誘拐《ゆうかい》事件の詳細《しょうさい》はもう彼女に話していた。

セシリアはグレースの方に身を乗り出す。

「やっぱり、キラーはまだエミリーさんを狙《ねら》っているの？」

「エミリーを？　どうして彼がエミリーを狙うという話になるんですか？」

「だってそれは、エミリーが第三の神子候補で……」

「……そこからですか」

呆《あき》れたように息をつき、グレースは白衣を脱《ぬ》いだ。

「どういうこと？」

「いえ、少し待ってくださいね」

彼女はシャツのボタンを外し、服の胸元《むなもと》を開ける。

その行動に、セシリアの声はひっくり返った。

「グ、グレース⁉」

「これで、誰《だれ》が神子候補かわかりますよね？」

「え？」

彼女は袖《そで》から右腕《みぎうで》を引き抜《ぬ》き、胸元のボタンを外した個所《かしょ》から出す。そうして、右肩《みぎかた》を二人に晒《さら》した。そこには、セシリアの胸のところにある痣《あざ》と酷似《こくじ》した、紫色《むらさきいろ》の痣がある。

「アザレア……」

「はい。つまり、エミリーではなく、私が神子候補です」

「えぇえぇええぇぇぇ⁉」

これ以上ないというぐらいの声が出た。防音が利いている部屋で助かったが、そうじゃなかったら、何事かと人が集まってくるような大声だ。

「じゃ、じゃぁ、エミリーさんは……」

「彼女はモードレッド先生の妹ですよ。ただのね」

開いた口が塞《ふさ》がらないというような顔で、セシリアは固まる。それもそうだ、今まで彼女はエミリーが神子《みこ》候補だと信じて、それを頼《たよ》りに動いていたのだから。

固まる義姉《あね》を後目《しりめ》に、ギルバートはグレースに質問を投げかけた。

「それではやはり、キラーは三番目の神子候補《貴女》を殺し損《そこ》ねたということですか？」

「いえ、殺し損ねたというよりは、そもそも私は狙われてはいません。条件を揃《そろ》えさせなかったので、キラーが現れなかったんですよ」

「条件？」

はい、とグレースは頷《うなず》く。

「この話をする前に、お二人にはお伝えしないといけないことがあります」

「なんですか？」

「キラーの、正体です」

その瞬間《しゅんかん》、ギルバートとセシリアは同時に息をのんだ。

「キラーの正体、知っているんですか⁉」

「もちろん。私はあのゲーム、すべてクリアしましたから」

「じゃぁ！」

「はい」

グレースは身を正す。瓶底《びんぞこ》眼鏡の奥で彼女の冷静な瞳《ひとみ》が細くなった。

そして、少しの間をおいて彼女はその名を口にする。

「キラーの正体は、モードレッド先生……の、もう一つの人格です」

セシリアは目を瞬《しばた》かせる。今度は声も発せられなかった。

(あの優しいモードレッド先生がキラー!?　しかも、二重人格って……)

驚《おどろ》く彼女を置いて、グレースは淡々《たんたん》と説明を続けた。

「解離《かいり》性同一性障害。通称《つうしょう》、二重人格。いつも私たちが見ている温和な彼の一面を表の顔とするのなら、その裏にある憎悪《ぞうお》にまみれた顔がキラーの正体です」

「それは……」

「ちなみに、キラーになっているときの記憶はモードレッド先生にはありません。逆はあるようですが……。なので、現在の彼は、自分の中にもう一つ人格があることも、自分が他人を害していることも、何一つ知りません」

確かにコテージでリーンが攫《さら》われたとき、彼は誰よりも心を痛めていた。治療《ちりょう》も熱心にしていたし、彼女が助かるように全力を尽《つ》くしているように見えた。自分のもう一つの人格がこの事件を起こしたのだと知っていたら、ああも平気な顔で治療にはあたれないだろう。

「先ほど、キラーが現れてしまう『条件』についてお話ししましたよね？」

「あ、うん」

「キラーが現れてしまう『条件』はエミリーの死です。エミリーの死をきっかけに、モードレッド先生の中で、キラーというもう一つの人格ができてしまうんです」

その言葉にセシリアは呼吸を忘れてしまいそうになった。驚きすぎて、脳の処理が追い付かない。彼女の言うことを信じるのならば、エミリーも、グレースも、本来ならば死んでいたキャラということになる。

驚くセシリアとは対照的に、ギルバートはまだ冷静だった。

「だから貴女は、エミリーを助けたのですか？　自らの死の運命を避《さ》けるために？」

「はい。しかし、正確に言えば少し違《ちが》います。ゲームの中で、私は大けがを負いますが、死にはしませんから」

グレースはまた驚くべき事実を口にする。そのままのテンションで彼女は続けた。

「先生のルートの最終章。自分の中のキラーという存在を消し去った先生は、主人公の手を握《にぎ》りしめながらグレースを殺してしまったことを悔《く》やみます。そこに仲間の一人であるオスカーが現れ、こう言います。『グレースは父が王宮で保護している。先生は誰も殺してなんかいません』『グレースが死んだとされる記事は、一命をとりとめた神子候補を守るための偽《にせ》情報でした』と」

「なっ……」

情報が多い。セシリアは頭がパンクしそうだった。

グレースは頭の整理が追い付かないセシリアに、突然《とつぜん》視線を移してくる。

「ちなみに、ＢＡＤＥＮＤではモードレッド先生がキラーの人格に飲み込まれ、たまたま近く

を通っていたセシリアを惨殺《ざんさつ》して終わります」

「ひっ！」

さすがにこれは一瞬《いっしゅん》で理解をする。セシリアは自身の身体《からだ》を抱《だ》きしめた。

「スチルなどはありませんでしたが、文章では、生きたまま手足を切られ、臓物を――」

「やだやだ！　聞きたくない!!」

今度は耳を押さえる。

どうしてこうもこのゲームは、セシリアばかりに死ぬ運命が待ち受けているのだろう。もしかして、シナリオライター達がこぞってセシリアのことが嫌《きら》いだったのだろうか。

事実をすべて飲み込めたギルバートは顎《あご》を撫《な》でながら情報をまとめる。

「つまり要約すると、モードレッド先生の裏人格がキラーで、彼が現れるトリガーが『エミリーの死』。貴女は自分の身を守るというより、キラーを生み出さないようにするためエミリーを助けた」

「はい、そうです。……結果は、成功とは言えませんが」

「と言うと？」

「私も転生などは初めてだったので、ここが『ヴルーヘル学院の神子姫3』の世界だと気づくのが遅《おく》れてしまったんです。そのせいでエミリーを完全に助けることができませんでした」

グレースは悔《くや》しそうな顔で下唇《したくちびる》を噛《か》んでいる。病院で見せたのと同じ表情だ。

彼女の話から一つの事実に行き着いたセシリアは、はっとした顔をみせた。

「じゃぁ、キラーが最近動き始めたのって……」

「えぇ。エミリーが死ななかったので、モードレッド先生の人格が二つに分かれる時期がずれたのでしょう。私は止められたと思っていましたが、お二人の話によるとキラーはもう現れているらしいですし……」

グレースの吐《は》く息は重々しい。瓶底眼鏡の奥で、彼女の瞳は後悔《こうかい》に揺《ゆ》れていた。

ギルバートは眉間《みけん》に皺《しわ》をよせたまま口を開く。

「ちょっと待ってください。でも、それならなんでキラーは神子候補を襲《おそ》うようになったんですか？　家族の死を受け止めきれずに二重人格になるのはわかりますが、それで神子候補を狙《ねら》うというのは……」

「それは、彼の妹を殺したのが『障《さわ》り』に侵《おか》された人だったからです」

グレースの言葉に、セシリアは少し前に行ったエミリーのお見舞《みま》いのことを思い出していた。

その時、確かにモードレッドも『エミリーは「障り」に侵された人間に襲われた』というようなことを言っていた。

「『障り』に侵された人間にたった一人の家族であるエミリーを殺され、先生は妹を守ってくれなかった神子を恨《うら》むようになるんです」

「それは……」

「はい。もちろん八つ当たりのこじつけです。『障り』を押さえておくことが神子としての責務だというのなら、『障り』を押さえておけなかった事自体は彼女の罪でしょう。しかし、『障り』に侵された人間が誰《だれ》かを害しても、それは神子の責任ではありません」

　ギルバートのつぶやきに、グレースはそう答えた。

「しかし先生は、そこまで割り切れなかった。溺愛《できあい》していた妹が死んだ悲しみに耐《た》えきれず、誰かを恨むことでしか自分を保てなかった。そうして、神子を恨むキラーが生まれたんです。……けれど、神殿《しんでん》にいる神子を殺すことなんて、できはしない」

　グレースは手のひらを胸に当てる。

「だから、神子ではなく神子候補を殺すことにしたんです。そして、最初の被《ひ》害者《がいしゃ》が、私、グレース・マルティネスになる予定でした」

「そんな……、悪いのは『障り』と犯人なのに……」

「もちろん、『障り』に侵された加害者が誰だかわかっているのならば、キラーはその人間もターゲットにしたでしょう。しかし……」

「まだ、犯人は見つかってないもんね」

　エミリーを害した犯人はまだ見つかっていない。そう考えるとモードレッドが神子を恨んでしまうのも、仕方がないような気がした。

　グレースは視線を落とす。そして、その日初めて眉間に皺を寄せた。

「見つからない、のではなく、本当はいないんです」

「え⁉」

「本当は――」

そうグレースが口を開いた瞬間《しゅんかん》、突如《とつじょ》として研究室の扉《とびら》が開いた。三人が扉の方を見ると、白衣を着た壮年《そうねん》の男性が目に入る。

「まだいたのかい、グレース」

「あ、はい。少し、研究したい内容が残っていまして」

「研究熱心なのはいいが、いい加減帰った方がいいぞ。そんなところじゃ、ろくに身体も休ませられないだろう？」

「はい、お気《き》遣《づか》いありがとうございます。もう帰りますね」

「あぁ」

そう言って、彼は研究室を後にした。他《ほか》の研究室も回っているようなので、きっと、戸締《とじ》まりと今残っている人間を確認《かくにん》しているのだろう。

時計を見れば、深夜と言っても過言ではない時間帯になっていた。

グレースは椅子《いす》から立ち上がる。

「それでは、今日はここまでにしましょう。この話の続きは、また後日ということで」

その言葉で情報交換《こうかん》会はお開きになった。というか、交換会とは名ばかりで、ただただ自分たちに必要な情報を提供してもらった会である。

セシリアとギルバートは並んで帰る。キラーの話を聞いたばかりだからか、夜道はちょっと怖《こわ》かった。学院の敷地《しきち》内というのも、なんとなく恐怖《きょうふ》を加速させる。

セシリアは恐怖を紛《まぎ》らわせるように、口を開いた。

「まさか、モードレッド先生がキラーだったとはね」

「そうだね。でもそう考えると、リーンを野犬に襲わせようとした件にも説明がつくし、個人的には納得《なっとく》かな」

「え、納得？」

セシリアは目を瞬《しばた》かせながら首をひねる。

「モードレッド先生なら、あの野犬がどのあたりを根城にしているか知っていた可能性があるでしょ？　そもそもそれを調べさせてくれってうちに来たわけだし。なら、野犬があの鍾乳《しょうにゅう》洞《どう》の近くを通ることを知っていてもおかしくないよね」

「そう、だよね……」

考えれば考えるほど、辻褄《つじつま》が合っていく。

あんなに優《やさ》しいモードレッドが……と思う反面、キラーという恨み辛《つら》みを溜《た》めておける人格があるから、妹を殺されかけてもなお笑ってられるのかもしれない。そう考えてしまう自分もいる始末だ。

「それとさ、最後のグレースさんの言葉ってどういう意味だろ……」

「最後？」

「エミリーさんを襲った犯人が、本当はいないって……」

セシリアの脳裏《のうり》に、先ほどのグレースとの会話が蘇《よみがえ》る。

『もちろん、「障り」に侵された加害者が誰だかわかっているのならば、キラーはその人間もターゲットにしたでしょう。しかし……』

『見つからない、のではなく、本当はいないんです』

あれはどういう意味だったのだろう。考えれば考えるほど、わけがわからなくなってくる。

「ま、そのあたりは本人に直接聞くしかないだろうね」

「そうだね」

胸にもやもやとしたわだかまりを抱《かか》えながら、二人は並んで帰っていった。

翌日の放課後、セシリアの姿は病院前にあった。もちろん、用事はエミリーのお見舞《みま》いである。いつも一緒《いっしょ》に来ているリーンには用事があるらしく、彼女は一人、病院の前に立っていた。

（モードレッド先生はちょっと怖いけど、エミリーさんには罪はないもんね！）

病室に飾《かざ》る花を抱えながら、セシリアは病院に入る。学院の敷地内の建物だが、病院という特質上、学院を囲む塀《へい》の外にある裏口から一般《いっぱん》の人も出入りできるようになっていた。もちろん、学院に通じる方の扉には警備員が立っているので出入りはできないようになっている。

（えっと、エミリーさんの病室はっと……）

いくら病院が広いといっても、さすがにもう病室までは迷わない。

セシリアは上の階へ続く階段の方に向かう。

その時、茶色いハンチング帽《ぼう》を目深《まぶか》にかぶった男性が目の前を通った。

（え？　あれって――）

ベルナールだ。眼鏡もしていないし髪型《かみがた》も、髪色も違《ちが》うけれど、間違いなく彼である。

普通《ふつう》の人ならば、一見しても分からないかもしれない。しかし、その恰好《かっこう》はゲームでベルナールが女性や子供に暴行を加えるときにしていたものだった。

（何でここに……）

なぜか妙《みょう》な胸騒《むなさわ》ぎがして、セシリアはベルナールを追った。いつもはひ弱な青年を演じている彼だが、その本性《ほんしょう》は連続暴行魔《ぼうこうま》だ。しかも、なぜか暴行をするときの変装をしている。警戒《けいかい》するのも無理はない。

（こっちって……）

ベルナールは階段を上り、エミリーの病室がある方へ向かっていく。そして、彼は本当にエミリーの病室に入っていった。

（なんで!?　二人って知り合いだったの!?）

セシリアはベルナールに見つからないように、病室の扉の隙間《すきま》から彼を観察する。エミリーのベッドの隣《となり》に立った彼は懐《ふところ》を探《さぐ》り、そうして、何かを取り出した。

それは、折り畳《たた》み式のナイフだった。それをベルナールはエミリーに振《ふ》り上げる。

「だめっ――!!」

セシリアは病室に飛び込み、ベルナールの腰《こし》のあたりにタックルを食《く》らわせる。それに驚《おどろ》いたのはベルナールだった。

「なっ！」

二人はもつれるようにその場に倒《たお》れこむ。ベルナールの手からナイフが離《はな》れ、床《ゆか》を滑《すべ》った。

ベルナールは病室の隅《すみ》に転がったナイフに手を伸《の》ばす。それをセシリアは彼の服を掴《つか》んで止めた。

「離せっ!!」

「そう言われて、離すわけないでしょ!!」

肩口《かたぐち》を蹴《け》られ、手を離しそうになる。しかし、そこは何とかこらえた。逃がさないように彼の腰に腕《うで》を回すと、さらに彼は身をよじる。

「この――っ！」

ベルナールの手がベッドのサイドテーブルに伸びる。そして、そこにあったものを掴み、セシリアに振り下ろした。

「あ」

セシリアの眼前に迫《せま》ってきたのは、陶器《とうき》でできた花瓶《かびん》だった。

気が付けば、セシリアはベッドの中にいた。

寮《りょう》のものではない天井《てんじょう》に、開け放たれた窓。どこか見覚えのある室内に、彼女はそこがエミリーの入院している病院の一室だと気が付いた。身体《からだ》を起こすと、頭がズキリと痛む。

「――っ！」

「姉さん、大丈夫《だいじょうぶ》!?」

隣にいたのはギルバートだった。身体を起こしたセシリアの背中を、彼は支えてくれる。

「ギル……？」

「エミリーさんの病室で倒れてたんだよ？　覚えてる？」

ギルバートの声にセシリアは記憶《きおく》をたどる。そしてはっと顔を跳《は》ね上げた。

「エミリーさんは!?」

「エミリーは無事ですよ」

そう答えたのはギルバートではなかった。声のした方を見れば、後ろ手で扉《とびら》を閉めるグレースの姿がある。どうやら先ほどまでエミリーの様子を見に行っていたようだ。

セシリアはほっと胸をなでおろした。

「まったく、驚きました。エミリーのお見舞いに来たら、貴女《あなた》が倒れているんですから」

話を聞けば、グレースが助けてくれたらしい。この病室はたまたま空いていた個室を病院に頼《たの》んで貸してもらったものだった。

「一応、医師にも見てもらいましたが軽い脳震盪《のうしんとう》だそうです。起きたら帰ってもいいと」

頭を触《さわ》ると、殴られた場所が少し腫《は》れているだけだった。たんこぶにはなっているが、頭を切るなどの怪我《けが》はしていないようだ。軽傷で済んだのは、もしかしたらかぶっているカツラのおかげもあるのかもしれない。

「なんで、あそこに倒れる羽目になったかは覚えてる？　自分から花瓶に頭をぶつけたとかじゃないよね？」

「あ、うん。実は――」

「もしかして、ベルナールに襲《おそ》われた、とかですか？」

グレースの言葉にはっとする。まるで見ていたかのような鋭《するど》さだ。

大きく目を見開いてグレースを見ると、彼女は「やはりですか」と小さく息をついた。

「どういうことですか？」

ギルバートの声が険を帯びる。

グレースは丸椅子《いす》をセシリアの隣に持ってきて、そこに腰かけた。

「昨日、言いそびれたことがあるんです」

「なんですか？」

「エミリーを襲ったのはベルナールなんです」

その事実にギルバートとセシリアは同時に息をのんだ。

「つまり、ベルナールは『障《さわ》り』に？」

「でも、そんな気配なかったけど……」

ギルバートの疑問にセシリアは殴られたときのことを思い出す。確かに、ベルナールの雰囲《ふんい》気《き》は暗かったが、決して『障り』に侵《おか》され意識がもうろうとしている感じではなかった。

「実は、エミリーが『障り』に侵された人間に襲われたというのは、ベルナールの流した嘘《うそ》なんです。彼は自分から注意を逸《そ》らすため、自らああいう噂《うわさ》を撒《ま》いた。神子《みこ》の力が衰《おとろ》えはじめているという噂も、その時にはもうありましたからね。それを利用したんでしょう」

昨晩のグレースが言っていた『犯人がいない』というのは、『犯人自体がいない』ということではなく『「障り」に侵された犯人はいない』という意味だったのだ。

　グレースはいまだに状況《じょうきょう》が呑《の》み込めない二人に向き直る。

「セシリアさん、ジェイドのルートは攻略《こうりゃく》しましたか？」

「あ、うん！」

「ベルナール・ブルセは、ジェイドルートでのラスボスです。彼を捕《つか》まえることがあのルートでの大きなテーマになっている。しかし、彼のルートではベルナールが犯行を繰《く》り返すようになってしまった、一件目の被害者《ひがいしゃ》の話は描《えが》かれていませんでした」

「もしかして――！」

「はい。彼の暴行事件、一件目の被害者が、実はエミリーだったんです」

　ベルナールのことはジェイドルートでも掘《ほ》り下げられていた。彼の屈折《くっせつ》した性格はティッキーにより形成されたものであり、ベルナールは日々与《あた》えられているストレスを、小さな子どもと女性を害することで解消していた、と。

　グレースは続ける。

「本来ならエミリーが死ぬことにより、ベルナールの暴力性は増す予定でした。しかし、エミリーは生きていた。そのことにより彼の暴力性は鳴りを潜《ひそ》め、ゲーム通りに犯行を繰り返さなくなる……はずでした」

　それも先ほどまでの話なのだろう。

　ベルナールはもう一度エミリーを襲った。それはつまり、彼の凶暴《きょうぼう》性がまた顔を出してきたという事だった。

以前セシリアは、事件を起こしていないベルナールを見て『性格が変わったのかな？』なんてのんきなことを考えていたが。まさかこんな裏が隠《かく》れていたとは、予想もしていなかった。

「私が考えるに、モードレッド先生の中からキラーを消す方法は二つあります」

グレースはまるでピースをするように指を二本立てる。

「二つ？」

「はい。一つは、キラーを生み出すきっかけとなったエミリーを、何らかの方法で目覚めさせること」

そう言いながら彼女は立てていた指を一本折る。

「そしてもう一つは、エミリーを害した犯人――ベルナールを捕まえる、という方法です」

彼女はもう一本の指も折った。

セシリアは身を乗り出す。

「それならベルナールを憲兵に突《つ》き出せば！」

「それが、できないんです……」

グレースは視線を落とす。

「相手は侯爵《こうしゃく》家子息です。よほどの証拠《しょうこ》がない限り、憲兵も動いてはくれないでしょう。現に、私が行ったときは追い返されました。それどころか『お前がやったんじゃないか』とも……」

この国にはきちんとした司法制度があるが、その反面、あからさまな貴族びいきもある。司法に携《たずさ》わる人間がすべて貴族というのが大きいのだろう、基本的に上位の貴族ほど司法に対する影響《えいきょう》力が強かった。特に王族の発言は絶対的であり、そのせいでゲームの中のセシリアも、ろくに審議《しんぎ》されることなくオスカーの指示で処刑《しょけい》されたりしてしまう。

「仮に、セシリアさんが公爵令嬢《れいじょう》だと正体を明かしても、同じ公爵子息であるティッキーがしゃしゃり出てくる可能性がある。そうなれば、ベルナールを捕まえられたとしても刑《けい》は軽くなってしまうでしょう」

「それだと、キラーは完全に消えない……？」

「はい、私はそう思います。それどころか、刑が終わって出て来たベルナールをキラーが殺してしまう可能性もある」

それはそうかもしれない。今、キラーが神子に向けている怒りは、要は八つ当たりである。本当に恨《うら》むべき人間が出てきたら、彼の怒りは確実にそちらに向いてしまうだろう。

「だけど、エミリーを起こすよりはベルナールを捕まえる方が確実ですよね？」

「それはそうですが、証拠が……」

セシリアもグレースと同じように目を伏《ふ》せた。

ギルバートの言う通り、エミリーを起こすより、もう正体のわかっているベルナールを捕まえるほうがはるかに簡単かもしれない。しかし、それも比べればの話だ。どちらも難関なことには変わりない。しかもベルナールは、今回エミリーを殺すことに失敗している。またいつか犯行を起こすかもしれないが、今回のことで慎重《しんちょう》になって長く動かない可能性の方が高いだろう。

つまり、ベルナールを捕まえるのならば、エミリーの事件のことをさかのぼって調査しないといけないということになる。

（そんなこと、できるのかな……）

結局、その日はいい作戦が思いつかないまま、三人は病院を後にした。

第六章　大捕り物

ベルナールとティッキーの主従関係が、そのままブルセ侯爵家とコールソン公爵家の関係の縮図である。

貴族の格のせいもあるのだろうが、何より農業や飲み水等に使える川がコールソン家の領地の方にしかないことが、この異様な主従関係の原因だった。両家の領地は隣《とな》りあっており、およそ五十年前、ブルセ家はコールソン家に付き従うことを条件に、その川から水を引き入れるための水路を作らせてもらっていた。それゆえに、ベルナールも幼いころからコールソン家の人間には逆らってはならないと教え込まれていた。

当然、コールソン家に倣《なら》うように、学院にも行かせてはもらえない。

「全部、全部、全部、アイツが悪いんだ」

ベルナールの一日は、そう悪意を吐《は》き出すところから始まる。

ベッドにうずくまり、一通り毒を吐いてから、朝食を食べに部屋から出る。そうでもしないと、とてもではないがこの生活に耐《た》えられないのだ。

わがまま放題、暴れ放題。ベルナールのことは顎《あご》で使う。悪事には平気で加担する癖《くせ》に、バレれば全部人《ベルナール》のせい。機嫌《きげん》が悪ければ殴《なぐ》ってくるし、『やめて』の一言でも発しようものなら、今度は蹴《け》られる始末である。

　それでも耐えなければならないのが、ブルセ家に生まれた彼の宿命だった。


　しかし、数ヶ月前。彼の感情は唐突《とうとつ》に爆発《ばくはつ》してしまう。

　当時、ベルナールはストレスのせいで不眠症《ふみんしょう》に陥《おちい》っていた。どうやっても眠《ねむ》ることができず、彼は早朝に散歩をするのが日課になりつつあった。

　ある日、ベルナールはその散歩中に、新聞を取りに家から出て来たのであろう一人の少女と目が合った。自分でも支配できそうなぐらいにか弱そうな存在を見た瞬間《しゅんかん》、彼の抑圧《よくあつ》された感情が爆発した。

　気が付けば馬乗りになり、彼女の頭をそこにあった石で殴ってしまっていた。

「あれは、よかったな……」

　その時の高揚感《こうようかん》を思い出しながらひとり呟《つぶや》く。あれは快感と言ってもいいのかもしれない。

結局は邪魔《じゃま》が入り、少女を殺し損《そこ》ねてしまったが。それ以来、彼は不眠で悩《なや》まされるようなことはなくなっていた。

　むしろ今度は、その時の興奮を思い出して、眠れなくなる始末だ。

「もう一度、もう一度だけ……」

心臓が高鳴る。もう我慢は限界を迎《むか》えようとしていた。

わかっている。ベルナールだって、わかっているのだ。彼が本当に殴り伏せたいのは、ティッキー・コールソン本人だ。しかし、そんなことをする手段も方法も今のベルナールにはなかった。

一通り毒を吐き終え、部屋から出ようとしたその時だった。彼は扉《とびら》と床《ゆか》の隙間《すきま》に差し込まれるようにして置いてある黒い封筒《ふうとう》に気が付いた。梟《ふくろう》の透《す》かしの入った、特徴《とくちょう》的な封筒だ。

「これは……」

彼は封筒を手に取る。それは、ブルセ家の諜報員《ちょうほういん》が使っているものだった。

貴族にとって他《ほか》の貴族の情報は、時に金よりも価値がある。そのため格の高い貴族の中には、そういった人間を専属で雇《やと》っているところもあった。

両親のもとにこの黒い封筒が届いているのは何度か見かけたことがあったが、ベルナールの許《もと》に届いたのはこれが初めてである。何か自分に伝えたいことでもあるのだろうか。

ベルナールは中身を確認《かくにん》する。そして、目を見開いた。

「これで、あいつに――」

そう言う彼の唇《くちびる》は、楽しそうに弧《こ》を描《えが》いていた。

セシリアがベルナールに襲《おそ》われてから三日後、学院にはいつもの光景が広がっていた。

「セシル様ー！」

二階の教室からかけられた黄色い声に、校舎の下を歩いていたセシリアは顔を上げる。視線の先には頬《ほお》を赤く染める女生徒たちの姿。王子様らしい微笑《びしょう》を浮《う》かべながら手を振《ふ》れば、女生徒の中の何人かは、顔から湯気を出しながらクラクラと倒《たお》れてしまった。

そんな彼女たちのやり取りを見ながら、呆《あき》れたような表情を浮かべるのは隣を歩くギルバートである。

「ホントよくやるよね、それ」

「それ？」

「王子様ごっこ」

半眼になりながらそう言う彼に、セシリアはガッツポーズをしてみせる。

「大丈夫《だいじょうぶ》！　もう結構慣れて来たから！」

「別に心配してるわけじゃないからね」

「え？　そうなの？」

「というか、どう聞いたらそういう風に聞こえるのさ」

どこまでも自分の都合のいいようにとる義姉《あね》である。

そんな風に和気藹々《わきあいあい》とした会話をしていると、ふいに校舎から先生が顔を覗《のぞ》かせた。そして、ギルバートを見つけて声を上げる。

「あ、いたいた！　ギルバート!!」

背中でその声を受けた二人は振り返った。先生は駆《か》け寄ってくる。

「どうかしましたか？」

「お前に来客だぞ」

「来客？　まさか……」

嫌《いや》な予感にギルバートの眉《まゆ》が寄った。

とうとう学院までティッキーが乗り込んできたのだろうか。

そんな彼の憂《うれ》いを察知したのだろう、先生は首を振る。

「いや、今回は違《ちが》うぞ。今日来ているのはブルセ家の嫡子《ちゃくし》だ。ベルナールと名乗っていたぞ」

その言葉に、セシリアとギルバートは互《たが》いに顔を見合わせた。


放課後、ギルバートの姿は校舎の裏にあった。北側に面しているそこは、暗く、めったに人も寄り付かない。秘密の話をするのにはうってつけの場所だった。

　そんな彼の正面にはベルナールの姿。いつものおどおどとした態度は鳴りを潜《ひそ》め、彼は静かにギルバートを見つめている。

　その場には二人以外の人影《ひとかげ》は見てとれなかった。

「今日はどうかしましたか？」

　最初に口を開いたのはギルバートだった。

　ベルナールは少し視線をさまよわせた後、か細い声を出す。

「……僕は、君の協力者となるためにやってきました」

「はい？　何のことですか？」

「今朝、僕のところにこんな情報が入ったんです」

　そういって彼が懐《ふところ》から出したのは、黒い封筒だった。

「それは？」

「うちで雇っている諜報員からの情報です」

　ベルナールは封筒から取り出した便せんに視線を落とす。

「要約すると、これにはこう書いてあります。『ギルバート・シルビィはコールソン家に復讐《ふくしゅう》するため、協力者を探している』と」

「……」

「これを見ると、シルビィ家に行く前は相当意地悪もされてきたみたいですね」

ベルナールの口角が上がる。眼鏡の奥にある目も細くなった。

反対にギルバートの顔からは笑《え》みが消える。

「ティッキーの読み通り、貴方《あなた》はコールソン家のことを調べていた。しかし、ニコルではなく、ティッキーを貶《おとし》める情報を集めていた。違いますか？」

「……さぁ？」

肯定《こうてい》も否定もしないギルバートの態度に、ベルナールは勝利を確信したような顔になった。

彼はギルバートに一歩踏《ふ》み出す。

「僕も、もっと早く気が付けばよかったんです！　コールソン家の次期当主にシルビィ家次期当主が復讐すれば角が立つ。けれど、平民に落ちるティッキーなら話は別だ！」

今までに見たこともない饒舌《じょうぜつ》さで、彼はギルバートに詰《つ》め寄る。

「彼は平民に落ちる身で、後ろ盾《だて》も少ない！　狙《ねら》うなら彼しかいない!!」

「ま、そうかもしれませんね」

「けれど、貴方は一人で彼を追い詰めることはできない。なぜなら、動けば絶対に疑われる立場にいるからだ。だから、一緒《いっしょ》に恨《うら》みをはらしてくれる協力者を集めていた」

「それも全部、手紙に書いてあった情報ですか？」

「そうです。僕の家の諜報部は優秀《ゆうしゅう》でしょう？」

「……」

ベルナールは自身の胸に手を置いた。その目は興奮のためか少し血走っている。

「僕なら貴方に協力できます。僕が今どういう状況《じょうきょう》にいるか、貴方ならわかってくれるでしょう？　元々コールソン家にいた貴方なら、ブルセ家との主従関係も知っているはずだ！」

普段《ふだん》の彼からは想像できない荒々《あらあら》しさだ。

「僕もティッキーに復讐がしたいんです!!　あの糞野郎《くそやろう》に一度地獄《じごく》を見せてやりたい!!　だけど、僕一人じゃだめだ！　僕も貴方に協力してもらいたいんです！　だから――」

ギルバートは鼻息荒《あら》いベルナールを冷めた瞳《ひとみ》で見つめた後、やがて諦めるようにゆっくりと息を吐《は》いた。

「その情報を持ってきたことには一定の評価を示します」

「なら！」

「しかし、君を協力者にすることはできません」

突《つ》き放すようなギルバートの言葉に、ベルナールは信じられない顔でわずかに後ずさる。

「どうしてですか？」

「君がティッキーを恨んでいるのも本当でしょうし、協力してくれる気持ちがあるのも本当でしょう。……しかし、君には覚悟《かくご》が足りない」

「覚悟？」

「今まで金魚の糞《ふん》に甘んじてきた上に、虫の一匹《いっぴき》も殺したことがないような人間が、どうやって俺に協力するんですか？　俺がとんでもなく残忍《ざんにん》な計画を練っていたらどうするつもりだったんですか？」

まるで覚悟を問うようにギルバートはそう言う。

その言葉に、ベルナールはしばらく黙《だま》った後、にたぁっとした薄気味悪《うすきみわる》い笑みを浮かべた。

「虫一匹？　とんでもない。僕は人だって殺せますよ」

「口では誰《だれ》だって何とでも言えるでしょう？」

「三月……」

「はい？」

「三月にあった事件は知っていますか？　女性が石で頭を殴《なぐ》られた、あの！」

ベルナールの言葉に、ギルバートは目を眇《すが》めた。そして、少しの間を置き「えぇ」と頷《うなず》く。

「……あの事件の犯人は、僕です。気が付いたら石を持って、彼女に殴りかかっていました」

その時の感触《かんしょく》を思い出しているのか、ベルナールはじっと自身の手のひらを見つめだす。

「そして三日前、堪《たま》らなくなってもう一度彼女を傷つけにいきました。結果としては失敗しましたが、あと一歩のところで僕は彼女を殺せていました！」

「……」

「もし、次があるなら今度は確実に仕留めます。しかも相手があのティッキーなら、僕はどんなことでもできます！」

目をこれでもかと開いた状態で、ベルナールはギルバートの胸元《むなもと》をつかんだ。

「僕の覚悟はわかったでしょう？　さぁ、僕をパートナーに選んでください！　あのティッキーから狡猾《こうかつ》だといわれる貴方ですから、もうある程度情報を得ているんでしょう？」

「……」

「彼の悪事の証拠《しょうこ》でもつかみましたか？　それとも、やってもいない罪を擦《なす》り付ける算段でも？　あ、あれでしょう！　彼が必ず一人になる日でもわかりましたか？」

ギルバートは彼の手をぞんざいに振り払《はら》った。そうして、少し皺《しわ》の寄ったシャツを直す。

「やっぱり、君は僕のパートナーに選べません」

「どうしてですか？」

「君は、ここでつかまるからです」

その時、二人だったはずのその場に、突如《とつじょ》としてセシリアが現れた。

病室でのことを覚えていたのだろう。ティッキーの顔はこれでもかとひきつる。

「ていやぁ――!!」

セシリアは手首についている宝具に触《ふ》れたあと、そのままベルナールに触れる。その瞬間《しゅんかん》、ベルナールは丸い透明《とうめい》なガラスのようなものに覆《おお》われてしまう。

「なっ――！」

「不用意に触れないほうがいいよ！　すごい勢いではじき返すから！」

ガラスのような表面に触れたままセシリアはそう言う。彼女は本来ならば身体《からだ》を守るはずの宝具を反転させて、ベルナールを捕《つか》まえる檻《おり》にしたのだ。

ベルナールはセシリアを見つめながら声を震《ふる》わせる。

「お前、どこから……」

「ここからだよ」

そう言ったのはセシリアの背後からこれまた突如現れたジェイドだった。彼は気配まで消すことができる宝具で身体を覆い、セシリアと一緒に隠《かく》れたまま事の次第《しだい》を見守っていたのだ。

「こっちにも人はいますよ」

今度はギルバートの背後からそう聞こえてくる。すると、背景がゆがみ、今度はリーンとオスカー、それと固まった状態のモードレッドが出てきた。リーンの手首には一度は返したはずのジェイドの宝具が巻かれている。

「こういうの、簡単に信じちゃダメでしょ。おバカさんだなぁ」

「このぐらいなら、俺でも複製できそうだしな」

今度は上から声がして、隣《となり》に立っている高い木から人が二人下りてきた。ダンテとヒューイである。その手には、先ほどベルナールが持っていたものと同じ黒い封筒《ふうとう》が握《にぎ》られている。

ギルバートは後ろに回していた手を正面に持ってくる。彼の手には、手のひら大の鉄製の箱が握られていた。ギルバートがその箱についているボタンを押すと、先ほどまでの二人の会話が流れ始める。

『三月にあった事件は知っていますか？　女性が石で頭を殴られた、あの！』

『えぇ』

『……あの事件の犯人は、僕です。気が付いたら石を持って、彼女に殴りかかっていました』

『そして三日前、堪らなくなってもう一度彼女を傷つけにいきました。結果としては失敗しましたが、あと一歩のところで僕は彼女を殺せていました！』

「――っ！」

「蓄音機《ちくおんき》です。今日のためにグレースに急ピッチでもう一回り小型にしてもらいました。といっても、手のひらにはまだ隠れませんが」

ギルバートはスイッチを切ると、彼に向き直る。そして、人を食ったような笑顔をベルナールに向けた。

「証拠がないのなら、自白させればいいだけの話なんですよ」

「お前……」

「セシルを殴った罪は重いですからね」

そう言う彼の表情は、まさに悪魔《あくま》のよう。

グレースから話を聞いた翌日には、もうこの作戦は考えられていた。

作戦の大本を考えたのはギルバート。そういうことなら、皆《みな》に手伝ってもらおうといったのはセシリアだった。

『エミリーを襲《おそ》った人間が誰だかわかった。捕まえたいから協力してほしい』

そう言うと、皆快く協力してくれた。ダンテだけはエミリーのお見舞《みま》いに来ていなかったので最初から事情を説明したのだが「オスカーも協力するんでしょ。やるやる」と二つ返事で了《りょう》承《しょう》してくれた。

そして、作戦は遂行《すいこう》された。

最初に動いたのはヒューイである。彼は、かつての仲間やツテから黒い封筒の情報を聞き出してきた。その情報をもとに封筒を作ったのは、最近印刷会社を買収したジェイド。手紙の内容を作ったのはリーンだった。屋敷《やしき》に侵入《しんにゅう》して、手紙をベルナールの部屋に差し込んだのはダンテ。そのうえで、自白の証人になったのは王族であるオスカーである。

王族である彼の前では、司法も貴族びいきなどしない。

透明なガラスに包まれたまま、ベルナールは唸《うな》る。その目はギルバートを睨《にら》みつけていた。

「じゃぁ、コールソン家に恨《うら》みを晴らしたいっていうのも……」

「嘘《うそ》に決まっているじゃないですか。あの紙に書かれていたものは、すべて彼女の創作です。

もちろん俺の過去も」

「読了《どくりょう》、ありがとうございました」

リーンは淑女《しゅくじょ》の礼を取りながら、微笑《びしょう》を浮《う》かべる。彼女の創作力が思わぬところで役に立った瞬間である。

ベルナールはガラスの中でわなわなと身体を震わせていた。顔は怒《いか》りで真っ赤になっており、セシリアが捕まえていなければ今にもリーンに飛びかかってきそうなほどだった。

（とりあえず、何とかなった、かな）

セシリアは抵抗《ていこう》をみせないベルナールを見ながら、ほっと胸をなでおろす。

正直、成功するか半信半疑だった。彼がもう少し慎重《しんちょう》に黒い封筒の真偽《しんぎ》を確かめていたら、きっとこの作戦は成功していなかっただろう。

「……彼が、エミリーを？」

肩《かた》の力を抜《ぬ》いた一同の後ろで震える声をだしたのは、半ば無理やりここまで連れてこられたモードレッドだった。彼は前にいたオスカーを押しのけ、セシリアが支えている透明なガラスに食《く》らいつく。そして、今までに見たことのない表情で、拳《こぶし》を叩《たた》きつけた。

その形相にぎょっとする。

「セシル君！　ここを開けてください！」

「えぇ⁉　だ、だめですよ！　せっかく捕まえたのに――」

「私が逃《に》がしはしません！　彼を、彼を殴らないと私の気は――」

「うるさいな」

そう言って、騒《さわ》ぐモードレッドの腹部を殴ったのはヒューイだった。あまりにも唐突《とうとつ》な衝撃《しょうげき》に、モードレッドは小さく呻《うめ》くと、そのまま意識を飛ばしてしまう。

「ちょ――」

「ま、このままここで騒がれても面倒《めんどう》だしねー」

狼狽《うろた》えるセシリアに、からからと笑うダンテ。

確かに『目の前で、真犯人を捕まえる』という最低条件をこなした今、モードレッドはいてもいなくてもどちらでもいいが、彼らには躊躇《ちゅうちょ》というものがないのだろうか。

気を失ったモードレッドをヒューイは肩に担《かつ》いだ。体は小さいのに、大の大人を軽々と持ち上げるさまはちょっとすごい。

「俺は先生を保健室に運んでおくから」

「ヒューイ様が行かれるなら、私も！」

かわいらしい声でそう言ったのはリーンだ。

「別に来なくてもいいんだぞ」

「あら、私が付いていきたいだけですわ」

彼女はすぐさまジェイドに宝具を返すと、跳《は》ねるような足取りで彼の後ろをついていく。

　こんな時でも本当にマイペースなカップルだ。そして、ちゃんと宝具を返していくあたりも流石《さすが》である。

　彼らの背中を見送り、一同はベルナールに向き直った。彼は俯《うつむ》いたまま、ピクリとも動かない。

「あとは、それと一緒《いっしょ》に彼を憲兵に突《つ》き出せば、一件落着だね」

　そう言ってダンテが指したのは、グレースの作った蓄音機だ。

　事の終わりを感じて、セシリアもほっと胸をなでおろす。その時だ――

「――やがって」

「え？」

「馬鹿《ばか》にしやがって！」

　激高しながら、ベルナールはガラスに爪《つめ》を立てた。

「ちょっ！」

　大きな静電気のような音が響《ひび》いて、彼の腕《うで》が弾《はじ》かれる。しかし、彼は負けじと、またガラスに爪を立てた。

「ちょ、なにしてるの!?　危ないって！」

「馬鹿にしやがって！　馬鹿にしやがって！」

「落ち着いてください」

「べ、ベルナール？」

ギルバートはなだめに入り、ジェイドは慄《おのの》きながら後ずさりをする。

「アイツも！　お前らも！　全部、全部、全部！　俺の世界から消えればいいんだ!!」

「わぁお。悪役らしいセリフだねぇ」

「うるさい!!」

飄々《ひょうひょう》としたダンテの言葉を、彼は怒鳴《どな》り声で一蹴《いっしゅう》する。

「おい！　腕が使えなくなるぞ！　ちょっとは冷静になれ！」

「うるさい!!　うるさい!!　うるさい!!」

前はあんなに怯《おび》えていたオスカーの言葉までも、彼は聞く耳を持たなかった。

「あぁあぁぁぁぁ!!」

目が血走り、歯がむき出しになる。手のひらからは煙《けむり》が上がり、肉の焼けるような匂《にお》いがした。髪《かみ》の毛はふわりと持ち上がる。

そして、立ち上る黒い靄《もや》——

「えぇ!?　まって、まって！」

「ヴヴヴァアアァヴァ!!」

『障り』に侵《おか》され、獣《けもの》のような唸り声を上げ始めたベルナールに、セシリアは焦《あせ》る。

「セシル！　割れるぞ！」

「へ？」

オスカーの声に慌《あわ》ててガラスを見れば、彼の指が食いこんでいた。そこから徐々《じょじょ》にヒビが広がっていく。

「ま、待って！」

ガラスを破られまいと、セシリアは宝具に力を籠《こ》める。すると――

「あぁああぁああああ！」

絶叫《ぜっきょう》とともに、彼の両腕《りょううで》が後方に弾かれた。そして、ゴキッという、生々しい骨の折れる音。

（しまっ――）

慌てて力を緩《ゆる》める。すると、彼は使えなくなった両腕の代わりに今度はガラスに頭突《ずつ》きをする。

「なっ!!」

『障り』の力も相まってか、薄《うす》くなったガラスはその衝撃で割れてしまう。木っ端《ぱ》微《み》塵《じん》だ。

彼は倒《たお》れる勢いのまま一番近くにいたセシリアを害そうと、歯をむき出しにして迫《せま》ってくる。

喉《のど》でも嚙《か》み千切るつもりだろうか。

セシリアは目をぎゅっと瞑《つぶ》る。

「――っ！」

「セシルッ！」

ギルバートの声がして、突き飛ばされた。

尻餅《しりもち》をついた先でセシリアが見たのは、ベルナールに腕を噛まれるオスカーの姿だった。

「オスカー!!」

「オスカー!?」

「殿下《でんか》っ!!」

言葉が出ないセシリア以外の三人が叫《さけ》ぶ。

オスカーは苦悶《くもん》の表情を浮かべたまま、ベルナールの腹部に宝具の剣《けん》を突き刺《さ》した。その瞬《しゅん》間《かん》、黒い靄はするするとベルナールの身体《からだ》から去っていく。

「――ぁ……」

『障り』が去ったベルナールの身体は、まるで糸が切れたマリオネットのように、その場に突っ伏《ぷ》してしまう。意識を失ったのだ。

「思いっきり噛みやがってっ――」

「オスカー!?」

セシリアは膝《ひざ》をついたオスカーに駆《か》け寄る。

服の上からにもかかわらず、ベルナールが噛んだ場所からは血が滲《にじ》んでしまっていた。

「大丈夫《だいじょうぶ》?」

「平気だ。骨には異状はない」

「……ごめんね」

セシリアはオスカーの腕を消毒しながら、がっくりと肩を落とした。

オスカーが彼女を庇《かば》って怪我《けが》をしたのは三十分ほど前の話。

ベルナールはもうすでにジェイドとギルバートの手で別の場所に連行されており、セシリアとダンテは保健室でオスカーの治療《ちりょう》を任されていた。治療といっても、服の上から噛まれた腕は血が滲んでいるものの軽傷で、できることはそんなに多くはなかった。せいぜい消毒と傷口にばい菌《きん》が入らないようにガーゼと包帯で保護しておくことだけだ。しかもこれもモードレッドが目覚めるまでの対処療法《りょうほう》的な意味合いが強い。彼が目覚めれば、こんな傷すぐに治してもらえるだろう。

ちなみに、いつの間にかダンテはいなくなってしまっていた。「エミリーちゃんの話聞いて、ちょっと思いついたことがあるから」なんて言って出て行ってしまったが、どうせサボりだろうとセシリアは考えていた。オスカーが怪我を負った時はあんなに必死の形相だったくせに、軽傷だと分かるとこの有様である。

ヒューイに気絶させられたモードレッドは、二人の後ろにあるベッドで静かに眠《ねむ》っていた。彼を運んできただろう二人の姿も見当たらない。

なので、保健室にはセシリアとオスカー、それと寝《ね》ているモードレッドしかいない状況《じょうきょう》になっていた。

「本当にごめんね。俺がよけきれなかったばっかりに……」

「だから、平気だと言っているだろう？　それに何度も謝るな。俺はお前が無事なら、それでいいんだから」

「うん。ありがとう、オスカー」

セシリアは落ち込みながらも、治療を続けていく。こういった治療は一通り、ハンスに叩《たた》きこまれている。

「そういえば、聞こうと思っていたんだが」

「なに？」

オスカーの声に、セシリアは包帯を巻く腕に視線を落としたまま聞き返す。

「最近、モードレッド先生に付きまとっていたのは、このことを調べるためだったのか？」

「え？」

予想だにしない質問に、セシリアは腕から視線を外し、オスカーを見る。見上げた先の彼の頬《ほお》はにわかに赤くなっており、なぜかじっとりと彼女をにらみつけていた。

「うん。そうだけど」

「はぁあぁぁぁぁ――」

　何が何だかわからないままにセシリアが頷《うなず》くと、肺の空気をすべて吐《は》き出すように、オスカーがため息をついた。そして、項垂《うなだ》れる。

「どうしたの？」

「いや、よかったな、と」

「何が？」

「……なんでもない」

　覗《のぞ》き込むと、顔を逸《そ》らされる。もしかして、返答を間違《まちが》えたのだろうか。

（ま、怒《おこ》ってないみたいだし、いいか）

　深くは考えず、セシリアは治療を続ける。そしてふと、ある事に気が付いて顔を上げた。

「ねぇ。なんかこれ、前と逆だね」

「逆？」

「ほら、林間学校で！　俺、オスカーに頬の治療してもらったでしょ？」

　そういいながら指すのは、右頬だった。まな板の破片《はへん》が飛んできて、傷を負った部分である。

　あの時の二人は、まだこんな風に和気藹々《わきあいあい》と話せる間柄《あいだがら》ではなく、この時の出来事が二人の距《きょ》離《り》を縮めたといっても過言ではなかった。

　オスカーはふっと噴《ふ》き出すように笑う。

「あぁ。そういえばそうだな」

「あの頃《ころ》のオスカー、怖《こわ》かったなぁ」

「そうか？」

「うん！　目なんかこーんなに吊《つ》り上がってたし！　『セシリアに会わせろ！』『予定は組めたか！』ってすっごく煩《うるさ》かったもん。正直ちょっと煩《わずら》わしかったし！」

「そ、そうか……」

『煩わしかった』の一言に、オスカーは鳩尾《みぞおち》を誰《だれ》かに殴《なぐ》られたような表情になる。

「今はいい思い出だけどね！　そういえば最近は、そういうこと言わなくなったね」

「そういうこと？」

「セシリアに会わせろとか、どうとか」

以前ほどではないが、コテージに行く前だって週に一度ぐらいは『そろそろセシリアに会わせろよ』なんて言っていた彼が、ここ最近はめっきりそういうことを言わなくなっていた。それが快適だと思う分、セシリアはなぜ彼がそういうことを言わなくなったのか、少し気になっていた。

「あぁ、もしかして！　コテージで再会したから、それで満足しちゃったとか？」

「別にそういうわけじゃない。……わざわざ会う必要が、もうなくなっただけだ」

なぜか言いにくそうに、彼はそう口にした。セシリアの疑問は一層深くなる。

「『わざわざ、会う必要がない』？　つまり、穏便《おんびん》に婚約破《こんやくは》棄《き》ができる状況が整ったと？」

「は？　婚約破棄⁉　なんでそうなるんだ！」

　オスカーの目は大きく見開かれる。

「え？　だって、オスカーがセシリアとの関係を何とかしたかったのって、穏便に婚約破棄したかったからだよね？」

「はあぁ⁉」

　怒ったような彼の声に、身が竦《すく》む。

「ちょ、ちょっと待ってくれ！　いろいろと呑《の》み込めない。なんで俺が、セシリアと婚約破棄をしたがってるって話になるんだ？」

「えっと、オスカーってリーンのこと好きなんだよね？　だから、その、こう……いろいろ丸く収めるために……」

「は？」

　オスカーの頬がひきつる。

　まるで信じられないものを見るような目で、彼はセシリアを見つめていた。

「なんで、俺が彼女のことを好きとか、そういう話になるんだ？」

「えっと。…………勘《かん》？　見ていてなんとなく――みたいな？」

　前世やゲームの話などするわけにもいかないので、そう答える。すると、彼はさらに目を見開き「かん？」と、震《ふる》える声で聞き返してきた。

思ったものとは違《ちが》うオスカーの反応に、セシリアは首をかしげる。

「もしかして、今はリーンのこと諦《あきら》めてる感じ？」

「なんで、前はちょっと好きだったみたいな話になってるんだ……」

頭痛がするのか、オスカーは頭を押さえだす。

「違うの？」

オスカーは何も答えず、眉間《みけん》の皺《しわ》を揉《も》む。そして、長い沈黙《ちんもく》の後、疲《つか》れ切った顔でこう言った。

「俺は、リーンのことは好きではない……」

「え？　なんで？」

「どうして、そこに『なんで』という感想が入るんだ？」

本当に嫌《いや》そうな顔でオスカーは低い声を響《ひび》かせる。その表情にセシリアは混乱した。

（もしかしてこの世界、『オスカーがリーンを好き』っていう最低条件まで違ってきてるの⁉）

だとしたら大変である。

オスカーにリーンとは別に好きな人がいるとして、もし、知らず知らずのうちにセシリアがその彼女を傷つけるような態度をとってしまっていたら、それこそセシルだろうがセシリアだろうがＢＡＤＥＮＤに一直線だ。

彼自身がセシリアＢＡＤＥＮＤの、一番のフラグである。

（ここは何としても！　オスカーの好きな人を聞き出さないと!!）

「じゃぁ、オスカーの好きな人って誰なの？」

そこで回りくどく聞いたり、調べるのではなく、直接聞いてしまうあたりが、彼女の長所であり短所でもあった。

「……誰って……」

「俺、友達のつもりだし！　応援《おうえん》してあげるよ！　誰？」

「……」

オスカーの顔色は悪い。というか、ちょっと怒っている気さえする。

「あ、わかった！　さっき『わざわざ、会う必要がない』って言ってたよね？　つまり、シルビィ家と格が並んでいる公爵《こうしゃく》家の女性？　確かにそれなら、シルビィ家も表立って反対はしにくいよね！」

「……」

「ってことは、ソニア・ウィルス様でしょ？　彼女、綺麗《きれい》だって評ば――」

「違《ちが》うっ！」

我《が》慢《まん》ならないといった感じで、オスカーは立ちあがる。その衝撃《しょうげき》で、座っていた椅子《いす》が音を立てて横倒《よこだお》しになった。包帯も取れかかってしまう。

「あぁ！　包帯が！」

「俺が好きなのは、ソニアではないっ！」

「え？　じゃぁ……」

「俺が好きなのは、お前に決まっているだろうが!!」

「……へ？」

　時が止まった。

　セシリアは頭の中で、何度も先ほどの会話を反芻《はんすう》させる。おおよそ三分間ほどじっくり先ほどの会話の意味を咀嚼《そしやく》して、彼女は結論を出した。

「またまたぁ、冗談《じようだん》――」

「冗談じゃない！」

　三分間の熟考を、わずか〇・一秒で否定された。

　セシリアがおろおろとオスカーを見上げると、彼の顔はこれでもかと真っ赤になってしまっていた。その顔を見て、さすがに思い知る。

（これは、マジなやつでは……？）

　ようやくきちんと彼の言葉が入ってきて、頬《ほお》が熱くなった。

「えっと、オスカーが好きなのって……俺？」

　そう確かめるように聞くと、オスカーは静かな声で「あぁ」とだけ返す。

　そして、また沈黙が二人を包んだ。

（何を……言えば……）

こんな状況《じょうきょう》、想定していない。

セシリアが固まっていると、オスカーはいきなり頭を掻《か》きむしり始めた。

「あぁあぁぁもう！　俺は出る！」

「へ？　ちょっと！」

「あとは自分でできる！　先生が起きたらちゃんと治療《ちりょう》をしてもらうから、心配するな！」

言うだけ言って、彼は保健室から足早に去っていった。

その背中を見送って、セシリアは頭を抱《かか》える。

「どうしよう……」

（オスカーが、〝セシル〟を好き……？）

今までの出来事が頭を駆《か》け巡《めぐ》り、恥《は》ずかしさに変わる。

「オスカーって、男性《そっち》が好きだったの？」

そのつぶやきにツッコむものは、その場にはいなかった。


そんな大いなる勘違《かんちが》いが勃発《ぼっぱつ》した三日後——

セシリアはダンテと一緒《いっしょ》にエミリーの病室に赴《おもむ》いていた。二人のそばにはそわそわと落ち着かないモードレッド。彼はダンテの方をちらちらと確かめながら、心配そうな顔で眉《まゆ》を寄せた。

そんなモードレッドを尻目《しりめ》に、ダンテはエミリーの目元に手をかざす。瞬間《しゅんかん》、カーテンをはためかせるほどの突風《とっぷう》が巻き起こった。

「わっ！」

淡《あわ》い光がエミリーを包み、胸のあたりで集束する。それと同時に風も止《や》んだ。

「はい。完了《かんりょう》」

「これで、本当に？」

モードレッドは眠《ねむ》るエミリーとダンテを交互《こうご》に確かめる。

ダンテはいつもの調子で、肩《かた》を竦《すく》めてみせた。

「さぁ？」

「『さぁ？』って……」

「俺もこういう使い方は初めてだからね。だから、成功か成功じゃないかは、本人に聞いてみたらいいんじゃない？」

ダンテの視線がエミリーに移る。それを追うようにモードレッドとセシリアも、彼女の方を見た。

「さ、眠り姫《ひめ》のお目覚めだよ」

ダンテが言うが早いか、エミリーの瞼《まぶた》がピクリと反応した。そして、ゆるゆると持ち上がり、モードレッドと同じ色の瞳《ひとみ》が現れる。

「エミリー？」

「……おにぃ、ちゃん？」

そのかすれた声に、モードレッドは口元を覆《おお》い、涙《なみだ》を流した。


病院からの帰り、ダンテとセシリアは並んで歩いていた。

エミリーの主治医の話によると、落ちた筋肉を取り戻《もど》すために多少のリハビリは必要だろうが、それが終わって異状がないようならいつ退院してもいいらしい。とりあえず、明日からは脳や身体《からだ》に異状がないか検査を始めるとのことだった。

「こんな方法があったなんて……」

目の前で起こった奇跡《きせき》を思い出し、セシリアはそう呟《つぶや》く。ダンテはいつも通りの笑《え》みを浮《う》かべたまま、宝具を指で回していた。

「俺のコレは『相手を眠らせる宝具』じゃなくて、『眠りを操《あやつ》る宝具』だからね。まぁ、起こす方はこんなことぐらいにしか使えないけど、彼女の話を聞いてそれなら使えるかなって思って」

三日前、『エミリーちゃんの話聞いて、ちょっと思いついたことがあるから』と言っていたが、どうやらこのことだったらしい。

（そういえば最初のお見舞《みま》い、ダンテだけがいなかったのよね……）

あの日もし一緒にきていたら、もっと早い段階でエミリーは起きていたかもしれない。

（ま、どちらにせよベルナールは捕《つか》まえた方がよかっただろうし、結果オーライかな）

ベルナールは今憲兵に捕まり、貴族専用の牢獄《ろうごく》に移されている。彼にどのような刑《けい》が下されるのかはわからないが、それでも、もう彼が爵位《しゃくい》を継《つ》ぐのは難しくなっただろう。

確か兄弟がいたはずなので、ブルセ家からも出されるかもしれないが、それはそれでコールソン家とブルセ家の因縁《いんねん》から逃《のが》れることができるので、彼にとってはよかったかもしれない。

もちろん勝手な考えだが。

（晴れて一件落着ね！）

セシリアは、久々に晴れやかな気分だった。ここ最近頭を悩《なや》ませていたことが一気に解決したのだ。そりゃ、気分もいい。

ちなみに、キラーの件はモードレッドに話していなかった。

一番被害《ひがい》を負ったはずのリーンが『言う必要ないんじゃない？　もうあんな目に遭《あ》わないなら、私どうでもいいし！』なんて言っていたので、キラーの正体は秘密を知る者たちの胸の中にとどめることになった。

（それにしても、何か忘れてる気がするのよね……）

ダンテの隣《となり》を歩きながらセシリアは空を見上げる。

（キラーの件はなんとかなったし、エミリーさんも起きたでしょ？　というか、どうして私はエミリーさんを起こそうとしたんだっけ……）

「――っ！」

はっとした顔で足を止める。そんな彼女に気が付き、ダンテは「セシル？」と振《ふ》り返った。

「ごめん、ダンテ！　先に帰ってて！」

「へ？」

急に踵《きびす》を返したセシリアにダンテは素《す》っ頓狂《とんきょう》な声を上げる。

そんな彼にかまうことなく、セシリアの足は一直線にグレースの研究所を目指すのだった。


「ってことで、グレース！　神子《みこ》になってください!!」

「無理です」

頭を下げたセシリアをグレースは一言ではねつけた。

あまりにもすっぱりと切られ、セシリアはその場で踏鞴《たたら》を踏《ふ》んでしまう。

「ど、どうして……」

「私は、先生の声の収集に忙《いそが》しいんです。シルビィ家から援助《えんじょ》も出るそうなので、蓄音機《ちくおんき》もさらに改良しなくてはならなくなりましたし」

「いや、でも。ほら！　神子になったらモードレッド先生のそばにいたい放題だよ！」

『恋愛《れんあい》関係にならないといけないけど』

　その言葉はかろうじて飲み込む。今ここでその壁《かべ》を見せるメリットはない。それに案外、この二人なら何もしなくてもうまくいくような気がするのだ。モードレッドがグレースを見るときの表情は、妹であるエミリーを見るときよりも優《やさ》しい。また逆も然《しか》りだ。

　しかし、セシリアの言葉にグレースは首を振る。

「私は中の人に興味があるだけで、本体には興味がありませんから」

「えぇ!?」

「まぁ、少しも惹《ひ》かれないと言ったら嘘《うそ》になりますが、所詮《しょせん》は（声の）付属品ですし」

「言い方がひどい!!」

　頬《ほお》がひきつる。あんなに互《たが》いを大切に扱《あつか》っておいて、なんなんだこいつらは。

（もしかして、鈍《にぶ》いの!?　そうなの!?）

　自分を棚《たな》に上げたまま、セシリアは慄《わなな》く。

「ってことで、諦《あきら》めなさい。セシリア」

　急に部屋の奥から聞きなれた声がして、セシリアはグレースの背後を見た。すると、こちらに向かって手を振るリーンの姿がある。部屋に入ってすぐに頭を下げたものだから、今の今までその存在に気が付かなかった。

「え？　リーン!?」

「グレースとね。ちょっとお話ししていたのよ」

グレースが転生者だということはリーンにも明かしていた。転生者同士、いつか引き合わせようと思っていたが、彼女にはそんなお節介《せっかい》などどうやら不要だったようである。

リーンは微笑《ほほえ》みながらセシリアを指す。

「もう、セシリアが神子になればいいじゃない！」

「そうですね。それが一番手っ取り早いと思います」

「無茶言わないでくれる!?　私は神子になったら死んじゃうんだよ！　二人とも知ってるでしょう？」

セシリアの叫《さけ》びに二人は顔を見合わせる。

「そりゃまぁ、知ってるけどね？　ねぇ？」

「たぶんなんとかなるんじゃないですか？　知りませんけど」

この二人、似ていないようで性格の根本は似通っている。セシリアは頭を抱《かか》えた。

「二人とも他人事《ひとごと》だと思って!!」

「他人事ですから」

「ねぇ？」

「二人とも当事者!!」

その悲痛な叫びは、研究所の外にまで届くようだった。

エピローグ

気が付けば、選定の儀《ぎ》が始まってから五ヶ月が経《た》とうとしていた。

八月ももう終わりに近づき、太陽の光もだんだんと穏《おだ》やかなものに変わりつつある。

（体感的には短かったよなぁ……）

チュートリアル戦闘《せんとう》を忘れ、大ポカをやらかした選定の儀から始まり、林間学校、姉弟喧嘩《きょうだいげんか》、拉致《らち》られ、無事に帰ってきたと思ったら大混乱の夏休み。キラーが現れ、さらなる転生者が現れ、大捕《おおと》り物をして、今。

これまでの日々を振り返りながら、セシリアは息を吐《は》いた。

過ぎた時間もそれなりだし、内容もこれまでにないぐらい濃《こ》かった五ヶ月だが。振り返ってみれば、怒濤《どとう》過ぎてあっと言う間だった。

いろんな出会いがあって、いろんな体験も――

「それで、結局どうするの？　神子を誰《だれ》かに押し付けようってやつ、全員に断られたんでしょ？」

「待って！　今、現実逃避《とうひ》してるんだから!!」

隣を歩くギルバートに、セシリアは涙目《なみだめ》で待ったをかけた。

グレースからも神子になることを断られた翌朝。いまだに現実を受け入れられないセシリアは過去を振り返ることで現実逃避をしていたのだ。

登校時間にはまだ早く、周りに人はいない。

現実から目を逸《そ》らそうとする義姉《あね》を義弟《おとうと》はバッサリと切り捨てる。

「そんなことしても現実は変わらないんだから、もう切り替《か》えたら？」

「そんなに簡単に切り替えられたら、苦労はしてないんだよー！」

セシリアは思わず両手で顔を覆《おお》う。

考えてもみてほしい。『三番目の神子候補にすべてを丸投げする』という作戦は、もうどうにもできなくなったセシリアの最後の手段だったのだ。

騎士《きし》として認知《にんち》されている今、ギルバートに宝具を返すわけにもいかない。リーンのやる気が皆無《かいむ》の中、このままでは本当に自分が神子に選ばれてしまう。そうなれば、待つのはＢＡＤＥＮＤという名のＤＥＡＤＥＮＤだけである。

「神子なんて興味ないから！　ただ私は、のほほんと人生を過ごしたいだけだから!!」

ひよのとして過ごせなかった分も、セシリアで。彼女にとっての望みはそれだけなのだ。

なのに、現実がことごとくそれを邪魔《じゃま》してくる。

ギルバートは少し間を置いた後、セシリアを覗《のぞ》き込んでくる。

「神子になって、俺をそばに置くとかは考えないの？」

「いや、さすがにギルの人生は巻き込めないでしょ」

「巻き込んでくれればいいのに」

「そ、それは、どうにもならずに神子に選ばれちゃったときの、最後の手段で……」

最後の手段としてもセシリアとしては取りたくない手だ。こんな粗末《そまつ》な義姉のために、かわいい義弟の人生を台無しにすることはできない。

「ほかの可能性を全部潰《つぶ》せばそうしてくれるってこと？」

「そうだって言ったら？」

「もー。そんなんだから、オスカーに『シスコン』とか言われちゃうんだよ？」

「その返しだと、まるで私の聖騎士に選ばれたいみたいだよ？」

あくまで冗談《じょうだん》にしかとらないセシリアにギルバートは笑《え》みを向ける。

「シスターかどうかは怪《あや》しいけどね」

「どういう意味？」

「意識の問題ってこと」

セシリアは首をひねった。たまにギルバートはこうやってセシリアにはわからない言い回しをすることがある。やっぱり頭のいい人間の思考回路は、ちょっとわからない。

「でも、そうか。神子《みこ》になったら俺を選んでくれるってことか」

薄《うす》く笑みを作ったまま、ギルバートはセシリアに聞こえない声でそう呟《つぶや》く。今まで義姉の言うことに従っていた彼が、初めて反旗を翻《ひるがえ》した瞬間《しゅんかん》である。

急に芽吹《めぶ》いたトロイの木馬に気が付かないまま、セシリアは口をすぼめた。

「そもそも！　私が神子に決定した時点で死亡フラグがすごいんだから、そんな危ない橋渡《わた》れないよ」

「じゃぁ、どうするの？」

「いやもう、こうなったら元凶断《げんきょうだ》つしかないかなぁって」

「元凶？」

「『障《さわ》り』」

その言葉にギルバートは眉《まゆ》を寄せた。

「……出来るの？」

「こういうのって、出来る出来ないの問題じゃないと思うんだよね！　やるかやらないかの────」

「セーシールー！」

急に背後から声が聞こえて、背中に衝撃《しょうげき》が走った。前のめりに倒《たお》れそうになった彼女をギルバートが支える。

「見て、見て!!」

突《つ》っ込んできたのはジェイドだった。どうやら話し込んでいたせいで歩みが遅《おそ》くなっていたらしい。背後を見ればぱらぱらと登校を始める人影《ひとかげ》が見えた。

いつになくテンションの高い彼は、手に何か本のようなものを持っていた。

「できた！　とうとうできたよ!!　リーン一冊目の本！」

どうやら無事リーンのＢＬ本が商業化したらしい。

本気でどうでもいいのだが、モデルが自分なだけに内容が気にならないと言ったら嘘《うそ》になる。

「ホント、いつも取材に協力してくれてありがとう！　これ、献本《けんぽん》ね」

「取材に協力してるつもりはないんだけど。……ありがとう」

本はありがたく受け取っておく。自分がモデルだという点を除けば、彼女の物語は面白《おもしろ》いのだ。本当に、自分がモデルだという点を除けば……。

「異国の服の挿絵《さしえ》にも協力してくれたんでしょ？」

「え？　あれ使ったの？」

「『一瞬《いっしゅん》だけだったけど、目に思いっきり焼き付けた』って、リーンが」

「……」

頭が痛い。全国にさらされたチャイナドレス姿の自分。つらい。

（というか、二冊目か三冊目に使う予定とか言ってなかったっけ……）

もしかしてこれも意趣返《いしゅがえ》しの一環《いっかん》なのだろうか。

目頭《めがしら》を揉《も》めば、指に水滴《すいてき》が付いた。つらい。

「セシル、ギル、おはー。あ、ジェイドも。おはー」

「三人とも早いな」

続けて声をかけてきたのは、ダンテとオスカーだ。

ダンテのフレンドリーな態度に、ギルバートは眉を寄せている。しかし、表情ほど嫌《いや》でもないらしく、ダンテが首元に腕《うで》を回しても、ため息一つで許していた。

オスカーはセシリアと目が合うと、少し頬《ほお》を赤らめた後、咳払《せきばら》いをした。

（この件も本当にどうしよう……）

ちゃんと決着をつけなければ……とは思うのだが、この関係が心地《ここち》いいと思っている分、自分からは何も言えない。答えを求められてもいないのに、蒸《む》し返すなんてできなかった。

「だから！　人前だからそういうのやめろって!!」

「ヒューイ様ってば、恥《は》ずかしがりやさんですのね！」

「そういうんじゃなくって!!」

「じゃぁ、続きは二人っきりの時に」

「だーかーらー!!」

聞いたことのある声に後ろを向けば、今度はいちゃつくヒューイとリーンのカップルがいた。二人の手はつながれており、それをヒューイが乱暴に振《ふ》り払《はら》っていた。それでも嬉《うれ》しそうなリーン。

（相変わらず、すごい擬《ぎ》態《たい》っぷりだな）

自分たちと接するときと、ヒューイと接するときとでは、彼女の態度はまるで違《ちが》う。でもまぁ、口調を変えただけで、性格は割と自由奔放《ほんぽう》な彼女のままなのだが。

リーンはセシリアと目が合うと、小さく手を振ってくる。それに応《こた》えるように手を振りかえすと、隣《となり》のヒューイに睨《にら》まれた。ツンデレのくせに、しっかりと嫉妬《しっと》はするらしい。

「なんか平和だなぁ……」

セシリアは青空を見ながらそう呟く。

さて、今度はどんな困難が待っているのか。

それはまだ誰《だれ》にも分からないのである。

巻末書き下ろし短編『旧校舎の幽霊』

「旧校舎の幽霊？」

「そ。最近、出るって噂《うわさ》になっててさ……」

放課後、図書室の机を囲むセシリアたちに、その噂を持ってきたのはジェイドだった。幽霊を表現しているのか、ジェイドは両手を顔の前に垂らし、脅《おど》かすような表情を浮《う》かべている。

机にはジェイドとセシリアのほかに、ギルバートとオスカー、それとダンテがいた。みんなそれぞれ課題を机に広げている。

「な、なにそれ……」

彼の正面に座るセシリアは、青い顔で自身を抱《だ》きしめた。

「聞いたって人がいるんだよ？　もう使われてない旧校舎の倉庫で、夜な夜な女の人の笑い声がするんだって。噂によると、二十年前に恋《こい》に破れて自殺した女の人の幽霊らしいよ？」

いつもより一層声を低くするジェイドに、セシリアは泣きそうな顔で両耳を押さえた。

そんな彼女を後目《しりめ》に、オスカーはからっとした声を出す。

「なんだ、それは。正体は不《ふ》審《しん》者か？」

「不審者はないでしょ！　情緒《じょうちょ》がないなぁ、オスカーは」

「幽霊は『情緒』じゃないですよね」

　オスカーもそうだが、ダンテもギルバートも全く怖《こわ》がってはいなかった。おそらく、そもそも幽霊なんてものを信じてなどいないのだろう。全く怖がらないメンバーを見て気分が萎《な》えたのか、ジェイドもいつもの笑《え》みを顔に浮かべ、椅子《いす》にしっかりと腰《こし》かけた。

「ま、本物かどうかはさておき。噂のせいで先生たちが困ってるのは確かみたいだよ？　怖がっちゃって寮《りょう》に閉じこもるような生徒も出て来たみたいだし」

「それは、何とかしてやりたい話だな」

「でもそういうのって、ほっとけば収まるんじゃないですか？」

「まぁ、そうかもしれんが……」

「あ。俺、いいこと考えた！」

　そう言って手を叩《たた》いたのは、ダンテだった。彼は心底楽しそうな顔でそれぞれを見回す。

「今からゲームをして、負けた人がその幽霊の正体を確かめに行くってのはどう？　で、明日《あした》俺たちの前で報こ――」

「ヤダヤダヤダヤダ!!」

　思いっきり反対したのは、もちろんセシリアである。

「み、皆《みな》は勝手にすればいいけど、俺は嫌だからね！　やだ！　幽霊なんて見たくない!!」

「えー？　セシル、やらないの？」

意外にノリノリだったジェイドがそう声をあげる。セシリアはまた首をぶんぶんと振った。

「や、やらない！　やるわけないでしょ!!」

「えー。セシルってば、男らしくないなぁ」

「え？　……男らしくない？」

ダンテは怯《おび》えるセシリアを挑発《ちょうはつ》するような笑みを向けた。

「そ。こういう時に参加してこそ、真の男でしょ？　断るってちょっと女々《めめ》しいよね」

「女々しい……？」

「ま、そういうセシルも女の子っぽくて可愛《かわい》いと思うから――」

「やる！」

ぴっと腕をあげて、セシリアはそう宣言した。『男らしくない』『女々しい』『女の子っぽい』などと言われて黙《だま》っていられる彼女ではない。彼女は今、彼女ではなく彼なのだ。

「やっぱりやる！　行きたくないなら、ゲームで勝てばいいだけの話だもんね！」

「やった！　そう来なくっちゃ！」

嬉しそうに指を鳴らすダンテの隣で、ギルバートは呆《あき》れた表情で息をついた。

「……ま、まさか、負けるなんて……」

「俺的には、案の定って感じだけどね」


その晩、セシリアは旧校舎の前にいた。隣にはもちろん呆れ顔のギルバートがいる。ため息をつく彼に、彼女は申し訳なさそうな顔で頭を下げた。

「ごめんね、ギル。ついてきてもらっちゃって……」

「それは別にいいよ。姉さんがこういうの嫌《きら》いだって、知ってるからね。……それより、それ。何とかならないの？」

そう言ってギルバートが指したのは自身の腕だった。そこにはセシリアの両腕が絡《から》んでいて、まるで彼女がギルバートの腕に抱《だ》きついているような形になっている。

ギルバートは頬《ほお》をほんのりと赤らめながら、咳払《せきばら》いした。

「こういうところを見られる方が、よほど『女々しい』って言われるよ？」

「で、でも、今は二人っきりだし！ それに、怖いんだもん!! ……だ、だめ、かな？」

自分を見上げながら小首を傾《かし》げる彼女に、ギルバートは眉間《みけん》を押さえながら顔を逸《そ》らした。

「だめっていうか。その……、歩きにくいし……」

「が、頑張《がんば》って合わせるから！」

「いや……」

「私、ギルとこうしてたいの！　お願い！」

涙目《なみだめ》でした懇願《こんがん》に、なぜかギルバートの身体《からだ》がふらりと揺《ゆ》らいだ。そして、目元を押さえながら、なぜか深い息を吐《は》き出す。

「まぁ、姉さんがそこまで言うなら――」

ギルバートがそう了承《りょうしょう》しかけたその時、

「おい」

「ぎゃあぁぁぁぁああぁぁ！」

いきなり背後から人の声がして、セシリアは飛び上がった。そして、ギルバートの背中にぎゅっとしがみつく。その瞬間《しゅんかん》、彼の身体はセシリアとは別の理由で固くなった。

「なに、悲鳴を上げてるんだ。……セシル、俺だ」

「へ。……オ、オスカー⁉」

背後からやってきたのはオスカーだった。

彼はギルバートに抱き着くセシリアを見ながら半眼になる。

「まったく。お前は、何をやってるんだ……」

「殿下《でんか》はなぜこんなところに？」

あからさまに歓迎《かんげい》していない声でギルバートがオスカーを迎《むか》える。疑問を向けられた彼は、恥《は》ずかし気に鼻の頭を掻《か》いた。

「夜の旧校舎なんて、セシル一人だと怖いかと思ってな。一応様子を見に来てやったんだが」

「オスカー！　ありがとうー!!」

よほど怖かったのか、今にも泣きそうな顔で、彼女はギルバートの背中から飛び出てくる。

「本当にちょうどよかった！　ギルがね、腕摑《うでつか》んでちゃダメだっていって、困ってた――」

「困ってない」

「へ？」

「そっちに摑まるぐらいなら、こっちに摑まってて」

「でも……」

「いいから！」

「……はい」

よくわからないまま、セシリアはギルバートの腕にもう一度摑まる。それを見ながら、なぜかオスカーは少し不満げだった。

そうこうしていると、校舎内から鈴《すず》の鳴るような声が聞こえてくる。

「あら。皆さん、どうしてお揃《そろ》いなんですか？」

「え？　……リーン？」

校舎内から現れたのはリーンだった。彼女は腕から布製の鞄《かばん》を下げ、驚《おどろ》いたように目を瞬《しばた》かせている。これにはオスカーとギルバートも驚いたようで、目を丸くしていた。

「もしかして、旧校舎の霊《れい》って……」

「霊？」

セシリアがジェイドから聞いた話をすると、リーンは笑いながら自分が噂《うわさ》の元凶《げんきょう》だと認めてくれた。どうやら彼女はそこで夜な夜な衣装を作っていたらしい。

もちろんセシルに着せるためのだ。

「ちょうど、足踏《あしぶ》みミシンをここの倉庫で見つけちゃいまして」

「なーんだ。ほんともう、脅《おど》かさないでよ……」

寮《りょう》に帰りながら、セシリアは胸をなでおろす。衣装の件は、聞かなかったことにした。

「あら、でも、おかしいですわね」

リーンはふと何かに気づいたように足を止める。

「何が？」

「私、ここに来るのはまだ二回目なのですが、それでも噂になるものなんですかね？」

その言葉にセシリアの背筋が凍《こお》る。背後の旧校舎で誰《だれ》かが笑っているような声がした。

あとがき

初めましての方も、お久しぶりの方も。こんにちは、秋桜《あきざくら》ヒロロです。

前作から一年の期間を開けて帰って参りました。『悪役令嬢、セシリア・シルビィは死にたくないので男装することにした。』の二巻でございます。素敵《すてき》な、素敵な、ダンミル先生のイラストが目印ですね！　うっとりさせていただきましたよ！

今回も、地頭は悪くないが思考がちょっと変な方向に向きがちなセシリアが、ヒーロー二人とその他大勢を巻き込んで、右へ左への大騒《おおさわ》ぎを繰《く》り広げております。

さて、二巻の発売とほぼ同時期にコミカライズの一巻も発売しております。漫画《まんが》を担当してくださったのは秋山《あきやま》シノ先生！　奇《く》しくも秋秋コンビになっております（怒《おこ》らないでくださいませ）。素敵な仕上がりですので、コミカライズの方もよろしくお願いします。

それでは最後に、この作品に関《かか》わってくださった全《すべ》ての皆様に御礼《おんれい》を。

どうも、ありがとうございました。これからもよろしくお願いいたします。

秋桜ヒロロ

「悪役令嬢、セシリア・シルビィは死にたくないので男装することにした。2」の感想をお寄せください。
おたよりのあて先
〒102-8177　東京都千代田区富士見2-13-3
株式会社KADOKAWA　角川ビーンズ文庫編集部気付
「秋桜ヒロロ」先生・「ダンミル」先生
また、編集部へのご意見ご希望は、同じ住所で「ビーンズ文庫編集部」
までお寄せください。

悪役令嬢《あくやくれいじょう》、セシリア・シルビィは死《し》にたくないので男装《だんそう》することにした。2

秋桜《あきざくら》ヒロロ

角川ビーンズ文庫　22273

令和2年8月1日　初版発行
令和3年7月15日　3版発行

発行者――――青柳昌行
発　行――――株式会社KADOKAWA
〒102-8177　東京都千代田区富士見2-13-3
電話 0570-002-301（ナビダイヤル）
印刷所――――株式会社暁印刷
製本所――――本間製本株式会社
装幀者――――micro fish

ISBN978-4-04-109394-8 C0193 定価はカバーに表示してあります。